KB091931

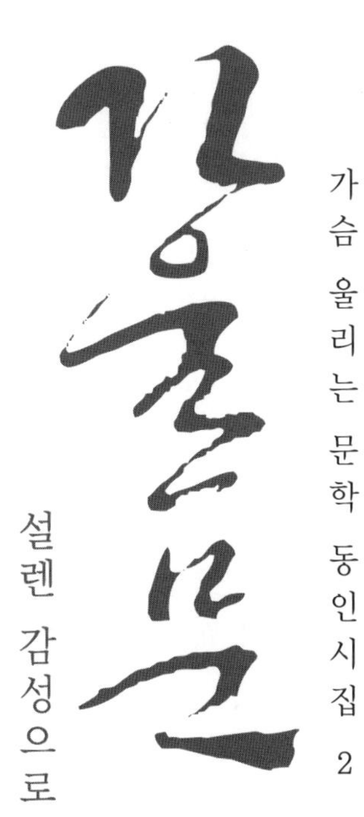

가슴 울리는 문학 동인시집 2

설렌 감성으로

시음사
시사랑음악사랑

가울문 동인지2 발간하면서

나를 담고자 앵글의 포인트를 들이대면 순간 딱딱하게 굳은 내 얼굴은 그대로 박제됩니다. 부자연스러운 나의 자세는 여과 없이 굳은 채로 나를 바라보고 있습니다. 문우님들은 어떤 마음일까요? 이처럼 글을 쓰기 위해 펜을 들면 멈춰버리는 감성을 말랑하게 다듬는 연습을 게을리하지 않으려 노력합니다.

주말, 이른 아침에 일어나서 한 주간 시달린 찌뿌둥한 육신을 쭉 펴며 아파트 뒷동산 숲길의 산책을 즐깁니다. 덤으로 등짐 가득 조금의 수고로움만 있다면 넉넉한 생수를 얻는 영광을 누리는 길입니다. 부드러운 소리, 높은음의 청아한 소리를 내는 앙증맞은 새를 만나 눈인사도 건넵니다. 다소 둔탁하며 깊은 울림을 주는 큰 새의 소리가 어우러진 숲길에서 어느새 자연 일부가 되는 나를 봅니다.

맑아진 머리에는 곱디고운 시어들이 놀고 있습니다. 굳이 끄집어내어 나를 괴롭히고 싶음은 잠시 접어둡니다. 돌아서면 잊어버릴 시어가 될지라도 이 시간이 평화롭습니다. 평화롭던 나의 주말을 송두리째 수면 아래로 가라앉히는 일상으로 돌아옵니다. 삶을 이어가기 위한 몸부림의 현장에서 꿋꿋하게 버틸 힘을 주는 것은 문우님들의 소중한 작품들을 읽으며 울고 웃는 시간이 있기 때문입니다.

고독한 자기와의 전투에서 승리의 깃발을 달고 하나의 작품으로 탄생하는 기쁨은 창작의 묘미를 아는 사람만 누릴 수 있지요. 돌에도, 식물에도, 아주 작은 미물에게도 생명을 부여하며 무미건조한 일상을 촉촉이 적시는 감성이 물을 줍니다. 팍팍한 일상에 꽃이 피고 열매를 맺습니다. 이것이 우리네 삶이고 희망이겠지요.

가울문에서 활짝 꽃을 피우고 열매를 맺어 더욱 풍성한 감성으로 노래하는 문우님들이 계셔서 행복합니다. 문우님들의 성원에 힘입어 더욱더 알찬 문학단체로 거듭나는 가울문이 될 수 있도록 밑거름이 되겠습니다. 또, 표지 그림은 김락호 대한문인협회 이사장님, '가울문' 서체는 김종기 캘리작가님, '출품작' 글귀의 카툰 캘리는 김미숙 작가님의 재능 기부하신 노고에 깊은 사의를 표합니다.. 그리고 가울문 발전을 위해 정성 어린 후원까지 해주신 정병윤 시인님 외 회원님들의 고마움을 잊지 않겠습니다. 더더욱 아낌없는 마음과 정을 베푸신 올 가을문 회원, 임원진에 고개숙입니다. '시음사' 출판관계자님께도 감사함을 전합니다.

-리더 김재덕 배상-

가슴 울리는 문학 2집 출간을 축하드리며

약 2년여 전 동해 바닷가를 여행한 적이 있었습니다. 경남 울산에서 출발해 강원도 고성 통일 전망대까지 가는 긴 여정이었지요. 동해안 국도를 따라서 가는 길은 너무나 아름다웠습니다. 차도까지 덮치는 역동적인 파도는 가슴을 뜨겁게 달궜습니다. 그때 알았습니다. 나라는 한 인간에 대해서.

정적인 삶을 살아온 저는 이것이 저의 본모습인 줄 알았더랬지요. 그것은 다만 주어진 환경에 지배당한 것에 불과한 껍데기였었다는 것을 깨닫는 데에는 너무나 긴 시간이었지만 늦었다 후회는 하지 않습니다. 나라는 한 인간은 열정과 역동이 공존하는 뜨거움을 간직한 것이 진실이라는 것을 발견했으니까요.

동해의 부서지는 파도 소리, 물결을 밝히는 별과 달, 길잡이의 의무를 충실히 수행하는 등대 불빛의 어울림은 우연한 풍경이 아니었다는 것을 그때 알았습니다. 이처럼 사람은 누구나 꿈을 안고 살아갑니다. 그 꿈을 펼치나, 고이 접어두고 꿈에 그치느냐의 선택은 본인의 몫입니다.

가울문 가족 여러분 우리는 행복한 사람들입니다. 꿈을 펼치고 그 꿈을 실현해가는 젊음이 있고 푸르름이 있으니까요. 지금은 비록 혼란의 시기를 걷고 있지만 우리의 장래는 밝습니다. 이 또한 지나가리라는 것을 알고 있으니까요. 문우님들이 계시기에 '가슴 울리는 문학'이 있고 화려한 날개를 펼 수 있음을 기쁘게 생각합니다. 리더님과 임원진의 노력이 보태져 더욱 빛나는 문학 단체로 거듭났습니다. '가슴 울리는 문학'을 사랑으로 보듬어 주시는 문우님 여러분 감사드립니다. 더불어 책으로 엮어 출간되는 그날까지 애쓰신 분들께 머리 숙여 감사드립니다.

-고문 조희선 배상-

목차

목
차

목차

목차

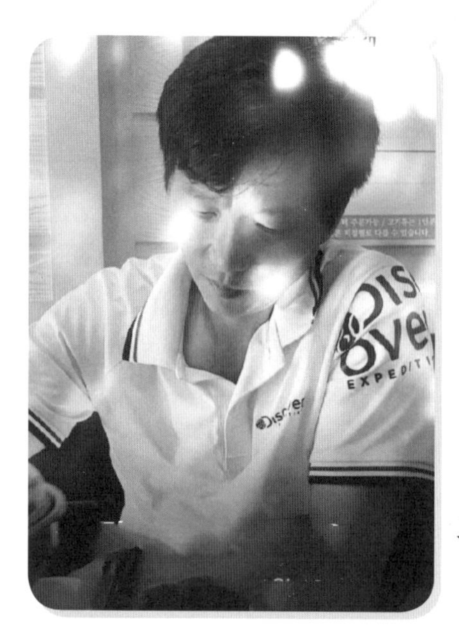

강설 시인

프로필

1968년 전남 영광 출생
(주)유정 산업개발 대표이사
현)"가슴 울리는 문학" 회원

내 가슴에 새겨준 사랑 / 강설

가슴에 새겨준 곱디고운 당신의 사랑
당신이 있어서 기쁘고 생동감이 있고
살맛 나는 인생길을 그릴 수 있어 외롭지 않습니다

누구나 사랑을 품고 살아가는 사람들이지만
당신의 존재감만으로도 삶이 아름답고
참, 행복합니다

날이 밝고 날이 지는데도
시간마다 생각할 수 있는 사랑이
바로 당신의 그리움입니다

하늘을 날아갈 것 같은 설렘도 동행하지만
나를 바라보는 눈동자는 보석같이 빛나고
매일 주고받는 사랑이 있어
나에게 살아갈 의미와 소망으로 자리합니다

내 가슴에 새겨준 당신의 아름다운 사랑
살아갈 동기부여가 되는 그리움이
나의 인생화가 그려집니다

늘 내 가슴에
태양처럼 붉게 빛나는 사랑으로 그려진
사랑 화를 걸어 두려 합니다.

당신 향한 사랑 / 강설

내 가슴은 늘 당신 향한 사랑 속에
기쁨에 찬 사랑 화로 꽃을 피웁니다

팔월의 붉은 태양 아래서도
시들지 않을 사랑 화를 보살피지만
삶의 길이 외롭고 쓸쓸한지라
하늘의 인연으로 마음이 움트고
사랑의 꽃을 피울 수 있었기에..

당신을 향한 사랑으로
붉게 피게 된 상상 속의 꽃을
마음 밭에 가꾸고 살아갑니다

서로의 마음에 애틋한 향기로
아름답게 변해가는 모습이
핑크빛 사랑 화가 되었고

당신을 향한 내 마음은
무럭무럭 자라서 끝이 보이지 않는
하늘로 뻗은 사랑의 빛깔이 됩니다

당신과 나의 마지막까지
삶 속의 한 송이 사랑 화로
행복이 물결치는 사랑의 향기 속에
서로가 숨을 쉬었으면 합니다.

나만의 꽃 사랑 / 강설

당신과의 인연 때문에 사랑 꽃을 피웠고
그 사랑이 물들고 스며들어
서서히 자라나는 꽃이랍니다

텅 빈 가슴 마주하며 살던
사랑 없는 초라한 사람이
가슴 가득 채워진 세상에서
가장 멋지게 피어나는 꽃으로
당신의 하나뿐인 사랑이 되었습니다

당신의 사랑에 어여쁜 미소가 생기고
외롭고 슬픈 삶이 애틋하게 수놓아
가슴 뜨겁게 안아 주는 당신만의 모습이
아름답게 펼쳐진 사랑 꽃으로
내 마음에 피었습니다

당신이 가꾸어야만 필 수 있는 꽃
아니, 당신 사랑 속에서만 필 수 있는 꽃
지상에서 가장 행복한 가슴 꽃이랍니다

사랑의 위대한 탄생
당신만이 누릴 수 있는 사랑 꽃입니다.

고은경 수필작가

프로필

천안 거주
2006년 해피데이스 2회 수필 당선
2009년 제21회 계간 에세이 문예 신인 수필부문 수상
2010년 시와 수필마당 시부문 신인상 수상,
시화 수필마당 백일장 최우수상 (2회 당선)
2019년 작가와문학상 수상

에세이 문학 이사
(사)청양문인협회 수필분과 위원장
작가와문학 운영진
충남펜문학 회원
소석문학회 특별 회원
신안수필 회원
삼거리 다도문화원 홍보대사
목천향교 명륜대학 회원
울산mbc 화제의 인물 방송 출연

저서 동인
시집 (들꽃)
수필집 (별처럼 꽃처럼)

초롱꽃 / 고은경

바람 불고 비가 오나
양지바른 곳에 하얗게 불 밝힌
울 어머니 좋아하던 초롱꽃

법당에 촛불 켜고
비손하는 마음을 그 뉘가 알아줄까
자식 향한 지극정성…

어머니, 어머니 우리 어머니
물 주고 사랑 주고 애지중지 키운 꿈처럼
"나를 보듯 키우라"며 건네주던 초롱꽃

꽃밭에 묻혀 살던
고운 자태는 어디 가고
덧없이 흘러 흘러 주름살만 늘었나

어린 딸이 어머니가 되고 보니
금의환향 바라시던 그 마음 알 것 같다

어느 날
마당에 핀 초롱꽃을 바라보니
울 어머니 생각에 눈시울 붉어진다.

그대의 미소 / 고은경

그대와 함께 걷는 푸른 숲길
바람에 실린 싱그러운 풀향기처럼
고운 미소로 다가옵니다

햇살같이 포근한 그대 웃음이
사랑의 느낌으로 전해져오는 산책길
산국화 향기마저 가득합니다

부드럽고 달콤한 솜사탕처럼
마주 잡은 두 손에 스미는 사랑
첫사랑의 애틋한 설렘으로
둘만의 꿈을 꾸듯이 걸어갑니다

나지막한 휘파람 소리
여울진 산 그늘에 해맑게 울려 퍼지고
산모롱이 가지의 나뭇잎들도
수줍은 볼 붉히며 붉게 타는데..

산골 마을 마당에 감나무들이
덩달아 오렌지빛 가을로 영그는 한낮
애꿎은 사랑이 미소짓습니다.

고향에도 지금쯤 / 고은경

고향에도 지금쯤 가을이 왔을까
세월이 저만치 비껴간 지금
산천도 많이 변했겠지

가고파도 갈 수 없는 마음의 고향
한라산엔 단풍도 들었겠고
밭이랑에 콩깍지 여물어 갈 테고
들녘에 구절초가 피어 있겠지

그리움 사무쳐도 못 가는 신세
비행기 타면 천릿길도 한 걸음인데
사는 게 지쳐서 가지 못하고
그리운 이 두고 온 아픈 마음에
지척에 두고서도 한숨뿐..

들녘에 황금 물결 넘실거리면
고향에 밀감 향기 가득하겠건만
초록마다 백사장이 눈에 어리어
먼 하늘만 하염없이 바라본다.

고정현 시인

프로필

경기 연천
시등단(2005) 수필등단(2009)
착각의 시학 기획위원
경기시인협회 이사
시와 창작 편집자문위원
문예마을 고문
한국미소문학 고문
한국 가곡 작사가 협회 회원
한국 페트라 시 음악협회 회원

수상
한국문학발전상. 한국미소문학 대상.
시끌리오 전국시낭송대회 대상.
해외문학상, 2019년 자랑스런 한국인 대상(문학부분) 외

시집
붉은 구름이고 싶다. 꼴값. 바다에 그늘은 없다. 기억과 리을 사이.
가곡작사: '어머니' 외 5곡

숨 쉼 / 고정현

숨은 쉼을 위한 것
어린 아이의 숨 같이
평화로운 숨을 쉬고 싶은데

생존의 터 위에서
턱밑까지 차오르는 숨을 쉬면서
오늘을 살아가는 존재들이
쉼을 얻지 못한 채
헐떡거리는 숨을 쉬며 수고하니
쉼은 숨이 멎을 때 얻는 것인가

나는 오늘도
쉼을 얻기 위하여 숨을 쉬지만
그 대가는
피곤한 몸을 가누기 위하여
벅찬 숨을 쉬고 있는 것일 뿐
언제 쉼을 누릴지는 모르고 있다

삶을 삶다 / 고정현

나는 오늘도
삶을 익히기 위해
삶아가는 길 위에 선다

오늘 만나는 삶의
환경과 상황을 살펴본 후
경험과 관계를 계량하여
어울리도록 조합을 하고
시간의 솥에 함께 넣은 후
적응의 물을 부어 삶기 시작한다

푹 익어있는 나의 삶
누군가 나를 보며
참 맛있게 살았다 말하면
그것으로 족하게 여길 삶
맛있는 삶을 위하여
나는 오늘도 삶을 삶으려 한다

정답 아시우 / 고정현

문제 하나 내려하는디
답을 말혀보시유

내로남불이 주특기이며
토한 것을 되먹는 개 같기도 하구
멱살잡이 하다가
이익 된다 하면 찰떡 되기도 하구
빈둥대면서 세경은 꼬박챙기구
입은 머슴인디
몸은 쥔이 된 듯 설치는 그것이유
아 꿀팁인디
카멜레온 아시쥬 그것 같아유

이만혀두 답은 알것쥬
허지만 답을 쓰지는 마라유
잘못허믄 클나유

곽의영 시인

프로필

2017년 한양 문학「시, 시조」신인문학상
대한 교육신문 문학상 시 부분 우수상 수상」
서울시 광진구청장「문화발전 유공 및 효도」표창장 수상
서울시의회 의장 표창장(문화예술 공로) 수상
한양문학상 시조부분 최우수상 수상
現:대전문예마을 이사
대구 문인협회 회원
달성 문인협회 회원

황혼의 이정표 / 곽의영

삶의 여정
눈물로 걸어온 세월
바람의 한계에 부딪힌 채
청춘의 뒤안길 백발로 접어든다

뒤돌아보니
마을을 지키는 노송처럼
한세월 돌고 돌아 남은 건
홀로 서 있는 자신뿐이었다

강물에 띄운 마음
그믐달 별빛에 스쳐 지나고
갈 길은 아득하기만 하다

나 홀로 이정표 없는
외딴길을 돌아 빗속에 눈물 감춘 채로
그리운 기억 찾아 하염없이 걸어본다.

꽃 피겠네 / 곽의영

새삼 힘겨운 날들 있어
하늘도 마음 달래듯 어리네
그걸 바라보는 나는
하루를 눈물같이 씻네

흐릿한 마음속
뿌연 미세먼지 날리듯
파 뿌리 하얘지듯
그렇게 쇠어지듯

산이 되고 바다가 되어
마음속으로 일렁이겠지
초록빛 들녘마저 하늘거리며

아지랑이 그려 올리며
내 피곤했던 영혼 풀어지면
가슴에 꽃피울 날 오겠네.

길 / 곽의영

소슬바람 속 소곤대는 나뭇잎
새들의 지저귐에 놀란 듯 달아나는
다람쥐의 커다란 눈망울

흔들리는 나뭇잎 사이로
별빛처럼 쏟아지는 맑은 햇살도
연둣빛 바람처럼 다정하다

누가 이 길을 만들었을까
얼마나 많은 사람이 오갔을까
하나의 작은 길이 나기까지

세월에 쫓기듯 살아오면서
상처도 주고받고 시련도 있었지만
그래도 살만한 생이었기에

고즈넉한 이길 거닐면
어느새 한 생에 시름을 접고
생명의 향을 느끼고 있네.

김금자 시인

프로필

시낭송가
강원도 정선 출생
경기도 성남시 거주
2017. 대한문학세계 시 부문 등단
(사)창작문학예술인협의회 회원
대한문인협회 및 경기지회 정회원
2018. 한국문학 올해의 시인상 수상
2019. 문학 고을 창간호 공저
가울문 동인지 1집 외 다수 공저
2020. 유화로 보는 명인 명시선 공저
2020. 〈가시 끝에 핀 꽃〉 시집

장마의 추억 / 김금자

굵은 빗줄기는 메마른 감성을 적시고
대지의 품에 안겨 둘만의 밀애를 나눈다

고인 빗물처럼 가슴이 흥건하면
이상의 늪은 천둥 번개처럼 소용돌이치고
먹구름이 울부짖는 밤을 지새웠지

잉태된 소중한 것을 지키려
삶과 죽음의 깊은 물살을 거슬러
시기와 질투 속에 흘린 눈물을 퍼내 버렸다

긴 장마로 그리움마저 이끼가 낀 날엔
거미줄에 여우비가 주렁주렁한 이야기는
언제 그랬냐는 듯
해맑은 햇살이 얼굴 내미는 허무

휘몰아치던 폭우에
심연의 바다를 뒤엎는 이별의 눈물
무지갯빛 행복은 어디에 숨어든 걸까

인생이 비바람에 떨어진 풋과일 같고
고무신처럼 떠내려간 장마의 추억이
휩쓸린 풀뿌리 같아도 끝은 미려하다.

가을문

속이 꽉 찬 수박처럼 / 김금자

땡볕에 아스팔트가 끓어오르는 듯
상대방을 깎아내리는 일에 핏대 세우고
열을 뿜어내는 대선이 코 앞이다

선거 전에는
시장 거리나 경로당을 찾아 조아리지만
당선되면 깁스했는지 뻣뻣해지더라

국민을 위한 결의는 어디 가고
제 배 불릴 궁리에 당파의 벽을 쌓으니
고개 돌린 민심은 부채질에 여념 없다

답답한 가슴이 뻥 뚫릴 시원한 수박처럼
뚝심 있는 불도저같이 밀어붙일
소신의 정치인은 없는 걸까

위선의 탈을 벗어 버리고
진솔한 칭찬과 격려로 서로를 높이면
감동한 국민이 일꾼으로 세워줄 텐데..

모름지기
국민 안위를 윤택하게 할 진인사대천명이
짓밟힌 역사마저 바로 세우지 않을까

대선, 국민투표에 기대해 본다.

널문리에 꽃은 피는가 / 김금자

어언 일흔 해를 넘기고 만 널문리
그날의 아픔을 되새겨 본다

느닷없이
피 흘리는 주검이 즐비했을 침략의 날
살려달라는 생의 존엄마저 뿌리치며
피난해야 했던 비정한 마음들..

아비규환의 6.25 어찌 잊을까

구멍 뚫린 철모에 이끼가 끼고
비목을 휘감은 달빛이 외로운데
통한의 전우애와 피눈물이 날 혈연의 정
두고두고 갚을 빚에 어깨가 무겁다

이산가족 상봉과
남북정상 회담의 꽃이 필 때
널문리에서 이산가족 상봉을 바랐건만
북은 남북연락소를 폭파하고 말았다

우리의 통일은 어디에서 찾을까

오매불망 부모 형제를 그리며
실낱같은 소망으로 살아온 세월
꼭, 널문리를 걷어내야만 할 숙제를
남북정상은 잊지 말자.

김명동 시인

프로필

호 : 진선(珍鮮)
2012. 문학저널 신인상(시)
한국 문인협회 회원
경북 문인협회 회원
영양 문인협회 회원

〈저서〉
시집 '물음표를 지날 수 없을까?'

물결에서 / 김명동

그림자 곁을 지키는 호수라면
청명한 빛이 설레는 조각으로
팔월의 길은 미려한 노래로써
소망과 맘껏 애잔한 물결에서
그들의 날이 오도록 맞이하리

비밀의 날 / 김명동

유월은 조용한 밤을 이별하는 의식에 잠긴다
어쩌면 피우지 못한 그리움에 맡기는 애잔한
흐르는 비밀의 날과 향기로운 받침과 감추던
영원한 별자리 맘과 동행하는 불빛을 안고서
언제나 돌체를 잊지 않겠다는 여정은 스친다

물방울 꽃 / 김명동

물방울 꽃잎 틔우기 위하여
계곡은 일억 흐름도 잠겨도
한순간 맘이 깎여간 보화로
고요한 삶의 적막은 부케로
조용히 켜진 반딧불 예뻤다
물방울 꽃이 피어서 반지로
가슴에 불던 마주한 바람들
정겨운 잔을 든다는 의식에
은방울 흐른 흔적만 남기면
녹음은 모든 벽옥을 치장할
바람이 오면 새로운 물방울
조금씩 모아 새겨둔 기념물
정결한 걸음 위하여 감춰둔
흘러간 너를 찾아서 데려다
구름이 오간 눈빛을 여미고
스치던 옷깃 에덴과 동행할
달려온 삶의 여로는 추억과
사랑에 빛진 갚음을 놓으리

달려온 삶의 여로는
추억과 사랑에
빛진 갚음을 놓으리

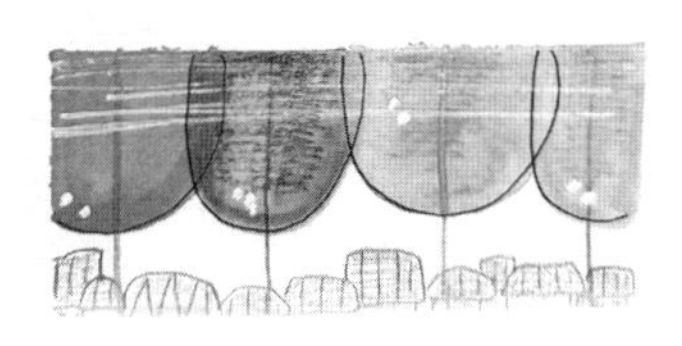

김미숙 카툰캘리 작가

프로필

카툰캘리 작가
2019.7.5 대한민국 최고기록인증상
(최단기 군인그리기 재능기부 2,300명)

내가 한 만큼 / 김미숙

웃는 만큼 달라지는 행복지수
노력한 만큼 채워지는 저축무게
옳은 생각만큼 가능케 하는 삶
나쁜 선택만큼 무너지는 인생

더도 덜도 아닌
딱 그만큼만 얻어지는 삶이
탄력받기 위해서는
최선이라는 자세를 갖는 것
열심히 살자.

희망 / 김미숙

희망은 도전정신에 불을 지펴줍니다
좌절은 도전정신에 물을 뿌려줍니다
기쁨은 두 배의 충족감을 주고
슬픔은 우울의 만족감을 주지요

희망은 돈이 들지 않아요
마음먹기에 따라
희망의 값어치가 올라가죠

희망의 씨앗을 심어
행복 저금통을 만들어봐요.

세월의 흔적 / 김미숙

너덜너덜해진 옷깃
뜯어진 실밥 자국, 바래진 색
사면 새 옷일 텐데
꼬깃꼬깃 서랍 속에 담아놓네

버리기 아까워서
미련 때문이라 생각은 하지만
지나온 세월을
잊기가 아까워서이리라

다 떨어진 신발에
고물 재봉틀, 전축을 가진 이유는
지나온 세월에 대한
아쉬움의 표현이리라

물질 만능주의
버리면 그만인 세상에서
세월의 흔적을 하나씩
남겨놓는 것은 추억이리라.

김민채 시인

프로필

시호 : 하랑
부산 거주
대한문학세계 시 부문 등단
(사)창작문학예술인협의회 회원
대한문인협회 부산지회 정회원

플라시보 여름 눈빛 / 김민채

하얀 그대 있어
바람이 눈 시려 몸 쓰려도

따듯한 물처럼 내려 있으면
흐름도 한낱 공기 같아

안개 같은 시야를 가졌으니
하늘 그대 햇살이 이토록 설레

플라시보 여름 눈빛 내가
이른 라일락 잎에 봄 설레

여리게 보라 익은 여름 눈빛
그대 바라보아도 괜찮아

가을문

천년 걸음 / 김민채

거침없는 네 젖은 음성으로 인해
지금은 너무나 많이 넘쳐나는

밤의 깊이 알지 못하는 그리움
하얀 목마름으로 다시 보고 싶어

흐드러진 청 홍단 그늘 내린 날
여린 빛 아래 석등 켠 그 시공 안에

천년 걸음 한 하늘 그대 햇살이
어이 이토록 오래이건만

세한, 그대 머문 곳에 / 김민채

조각조각 내어진 화지 위에
네 무에 알아 그리 흐리도록
많은 순간을 버리게 하나

가는 줄 늘어지는 맑은 잔
하늘바람 아래 띄우는 달 엮어
드리워진 강단 어린 대 끝자락

여념 없이 지니는 미동에 어려
옅게 내리는 새벽 미명으로도
아스라이 물결의 스친 흐름도

한낱 그저 마냥
그대 머문 곳에 담긴 은빛달

김양해 시인

프로필

강원도 인제 출생
현) 경기도 포천 거주
2019년 대한문학세계 시 부문 등단
6월의 신인상 수상
(사)창작문학예술인협의회 회원
대한문인협회 경기지회 정회원
가슴 울리는 문학 정회원
공동저서
동인지 가울문1집, 달빛 드는 창, 인향문단 4집, 5집,
시화집 그날이 오면, 하늘 바람과 별과 시 등.

구름 비 / 김양해

아무것도 없던
맑은 하늘에
여기저기 하얗게 피어

검게 물들 때까지
멈추지 않는 욕망으로
끝없이 마셔대더니

주체할 수 없는 고독의 끝에서..

이내
걷잡을 수 없는 슬픔처럼
쏟아져 내린다.

아무것도 없던
맑은 하늘에
여기저기 하얗게 피어
검게 물들 때까지
멈추지 않는 욕망으로
끝없이 마셔대더니
주체할 수 없는 고독의 끝에서

변명 / 김양해

꽃은 산에서 피어
눈으로 머물다
가슴에서 진다

하여,
나는 믿지 않는다
산에 오르려는 애절한 변명

이미 시작된 산행에서
다행스럽게도
피는 꽃은 없었다지

산 중턱에 걸터앉아
막걸리 몇 사발쯤 들이키던
술 취한 하루는
정상을 밟지 못한 채 기울고

돌아오는 그 길목에서
헤벌쭉 웃어대던
이름 모를 들꽃이 그립다.

새벽의 한적한 도로에서 / 김양해

뻔한 그 길

얼마나 빨리 달려야 하나
조바심에 차 한 대를 추월하지만
얼마 지나지 않아
오래된 신호등에 멈추었다

침묵..

이윽고 신호가 바뀌었을 때
미처 출발하지 못 한
아슬아슬한 삶을 비웃으며
추월당했던 차 한 대가
쌩하니 지나간다

다행이다

아직까지
멀기만 한 그 길에서
남아있는 시간을 찾는다면
다음 신호등에는
따라 웃을 수 있을 테니!

김영자 문우

프로필

전남 신안군 지도 출생
현 부산 거주
현 가울문 임원

산책길 / 김영자

햇살이 새색시처럼
의자에 앉아 소곤거리는 이른 아침

커피잔 옆자리가 다소곳해도
영혼 깊은 곳으로
맑은 가락이 스며듭니다

연잎에 구르는
이슬의 눈빛이 영롱하고
멀뚱거리는 개구리가 귀엽습니다

그리움이 여민 상념을 따라
나는 출렁이는 강일지도 모릅니다

눈부신 아침에
아름다운 자연의 서곡을 느끼며
행복한 산책을 마칩니다.

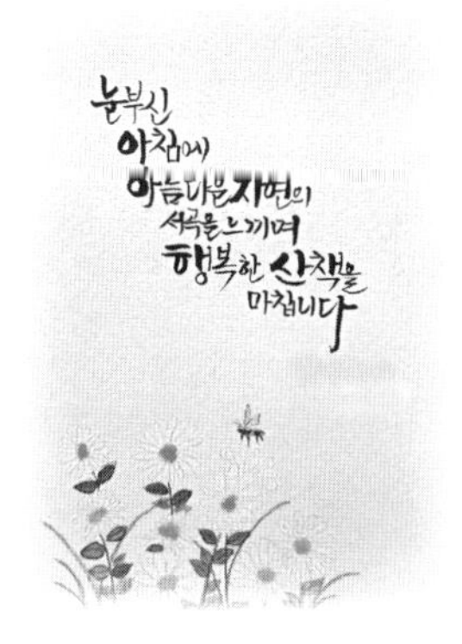

가을문

비애 / 김영자

땡볕에
벚꽃 송이
계절도 없나보다

밑동도 잘린 채로
몇 송이
꽃이라니

이승에 못다 한 사랑
얼마나
애달프면

오리탕 / 김영자

제 한 몸
바친 오리
뜨거운 가마솥에서

전복과 약초들이
열정을
쏟는구나

무더위
이겨내려면
네 희생은
필요악

김영주 시인

프로필

호 : 인연
대한문학세계 시 부문 등단
대한문학세계 수필 부문 등단
(사)창작문학예술인협의회 회원
대한문인협회 경기지회 정회원
월간 문예 (사)문학애 정회원
가슴 울리는 문학 회원
문학 어울림 회원
시를 꿈꾸다 회원
詩를 위하여 회원
"코로나-19 짧은 시 짓기 공모전" 장려상
2020 유화로 보는 명인명시선 공저

이별의 가시 / 김영주

갈대 울음소리보다
빠르게 도망치는 너의 사랑에
가쁜 숨소리 풀잎에 앉아
바둥거리는 달을 보며 애원했었지

밤별의 새하얀 합창
취중에 시달린 혀의 치부 깨물고
절박했던 순간 옷고름에 베인 사랑
욕정의 입술 노리개로
밤을 지새운 마음은 꽃눈 되어 시들고

함박눈 밟는 뽀송뽀송한 사치
가벼운 실언에 토하는 새벽 연무
허접한 강변에 철새로 남아
썩어가는 치아에 꽃을 피운다

빗장뼈를 지나 울다 잠든 복뼈에
너의 이름 종기로 자라
넋의 고름 번진 마음 자락에
욕정의 꽃은 가시 핀 선인장 같구나

인생 / 김영주

봄꽃같이 웃다 보니

가을 언덕에 앉아

겨울바람 기다리는 노을이구나

바다의 아침 / 김영주

봄 개구리 울던 뒤편
졸고 있는 등대 그림자 뒤로
주름진 바다 벗는
고요한 태양의 속살 물든 가을 같다

파도만큼 성숙한 고래의 하모니
어둠의 고독이 머물던 해변에
살아있는 열정의 숨결
꿈은 그 빛에 타고 있다

연약한 내면에 푸른 물결
바다의 심연 보겠노라 뛰어들고
어머니 품보다 냉정한 파도는
내 가슴에 응어리진 종기 마신다

인연의 파도만 온다면
아침 바다 살피는 햇살과
청량한 해변 걷는 동무가 되련만
그 인연은 만인의 뿌리일 터

양파처럼 밀려오는 파도
벗기고 또 벗겨
그 진실의 아침 가슴에 품지만
바다의 인연은 여객선 우는 소리에 멀어지며
내 눈에든 햇살마저 끌고 간다

김은실 시인

프로필

여수 출생
현 서울 거주
2018년 대한문학세계 시 부문 등단

사랑 앞에 서다 / 김은실

사막에 서 있는 그대는 가면을 쓰고 있었다

모래사막에 홀로 서서
나를 바라보는 그대의 싸늘한 시선
나도 그림자처럼 서서 그대를 바라보았다

늘 그대 앞에서는 한없이 작아지는 나
그 차가운 시선을 피하지 않고
오늘은 마주 보고 서 있었다

돌아가지 못하는 사막이여!

그곳의 모래는
너무 부드러워 발에도 묻지 않았고
그대의 사랑도 사막의 모래처럼
나에게 묻지 않는다

사막에 떨어진 장미꽃은 어린 왕자의 것일까
그대가 떨어뜨리고 간 장미는
여우와 함께 사막에서 별을 보고 있었다.

뜰 안의 정원 / 김은실

정원 테라스에 앉아
상황버섯 달인 물을 마시며
아침햇살이 뻗친 가을을 느끼면서
마카다미아 들어간 초콜릿을 음미하며
너의 정원을 보고 싶었는지 몰라

물질도 풍요로운 여유도 아니고
오롯이 잘 다듬어진 정원이 보고 싶었는데
믿지 못한다는 것에 참, 씁쓸해진다

어느 시인의 글처럼
신뢰를 바탕으로 한 사랑은
있는 그대로 봐주면 되는 것 아닌가?

그런가 봐, 보일 듯 말 듯 한 신기루처럼
가슴에 집이 없는 사람은
그 마음 한 번 보여주기 싫은가 봐

꿈일지라도 내 안의 뜰에 햇살이 비추고
모닝커피의 향이 풍겼으면 좋겠어
그대가 내 울타리가 되어주길 바랐던 거야

왜 울타리가 있겠어
울타리 있는 운동장에 노는 아이들은
보호받는 그 느낌이 더 좋았는지 몰라!

탱고(La cumparsita) / 김은실

음악 소리에 맞춰 등장한
빨강 드레스에 뾰족한 까만 구두
블랙 수트를 입은 댄서의 전율이 흐르고

섹시한 리듬에 돌고 도는
화려한 춤사위 매력에 푹 빠져버린
내 눈동자를 휘감는다

잘록한 허리를 붙잡은 손에
날카로운 가시를 내밀어도
진드기처럼 떨어지지 않는 밀착의 유희

핫, 반쯤 벌어진 입술에서 향기 그윽하고..

치명적인 몸짓에 빠져
찔린 손마저 빼지 못하고
그 향기 맡으며 밀애를 멈추지 못하지

어느새
혼연일체의 정열적으로 끝나버리는
그 달콤한 치명적인 봄날의 꿈.

김재덕 시인

프로필

시호 : 운중
(현)부산 거주
2017. 대한문학세계 시 부분 등단
(사)창작문학예술인협의회 회원
대한문인협회 부산지회 정회원
대한창작문예대학 제8기 졸업
2018년 문예창작 지도자 자격 취득
2018. 12. 한국문학 발전상 수상
2019. 05. 도전한국인 문화예술 지도자 대상
2019. 12. 한국문화예술인 대상
2021. 03. 신춘문학상 동상 수상
현)가슴 울리는 문학 대표
현)대한문인협회 문인권익옹호위원회 위원장
공저 : 가울문 동인지 외 다수
저서 : 다 하지 못한 그리움(시집)

사랑할수록.. / 김재덕

스며든 사랑에 애만 태우다가
추억으로 가두고파 감아버린 눈동자에
어름어름 물기 젖을 때

노을 담긴 술잔 속으로
윤슬을 쪼아대던 뙤약볕의 밀어가
너무 아프게도 눈부셔 술마저 넘실거리더라

그리도 좋은데.. 왜?
가슴이 메어 입술 꽉 다문 솔방울 매달고
해안 절벽에 선 해송 한 그루

품 넓은 산으로 밀어줄 바람의 손길을
얼마나 애타게 기다렸다 샛노랗게 털었을까
아린 가슴 도려내도 들리고 보일 텐데
어찌, 보낸 그 추억들을 쉽게 잊을까

사랑할수록..
속으로 울어야 하는 인연이 있다는 걸
너를 보내면서 또 알겠더라

해풍을 등지며 떠나도
선한 염원에 떠밀려 가는 한 시절

산새들 노래하는 곳에서
아침을 맞을 새싹들이 꽃 피우는 날
순한 바람으로 전하는 너의 향기로움
늘, 기억날 거야….

연민 / 김재덕

사라지다가 나타나고
작아지다가 다시 부푸는 기억들로
너는 내 가슴에, 나도 네 가슴에
해로 뜨고 달로 떴는데...

지금 비가 내린다고 해와 달이 없는 걸까

너와 나
달이 부르면 함께 술잔을 기울였고
해가 떠밀면 소원(疏遠)했던 것, 마저 풀었었지

안갯속을 더듬는 사연도 있었다만
빗물인 양 눈물을 속이며
햇살과 달빛을 아울러 웃음 보자기 펼쳤는데..

어쩌다가 모진 비바람이 들춘
앙상하고 파리해진 두 가슴골에
지금은 안개비 구슬피 내리지만

꽃 진 자리에 달큰한 결실이 영글듯
하늘을 새초롬히 베어 문
어린 초승달 여백에
별, 별 이야기가 하나둘 채워지면

또다시
너와 나의 가슴에는
속을 꽉 채운 만월이 뜰 거야.

순간의 생각들 / 김재덕

첩첩산중의 회색 그림은
뱉어내지 못한 나의 그리움이었고
산등성이 기어오르는 운무의 흐느낌은
힘겨운 삶에 흘린 내 눈물이었다

포말이 날리듯 검불이 날아오르듯
구심점 없는 공간을 떠돌다가
헛물켠 인생처럼 끝없이 추락한다

가깝다 싶으면 멀어지고
멀다 싶으면 기억들이 새록거리고
멀지도 가깝지도 않은 도넛의 원형같이
다가가지 못하는 빗금 같은 감정선
네 아닌 내 앞에 서 있었다

하늘이 높아진다
떨떠름한 열기를 삭인 먹구름 덩이가
시름을 안고 두둥실 떠다닌다

회색 고개를 넘는 속삭인 밀어들도
운무 속에 숨겨둔 내 슬픔도
한갓 물거품에 젖은 검불보다 못할지언정
허우적거리기엔 청춘이 붉다.

김진주 시인

프로필

아호: 휘경
2003년 평화문단등단
2019년 대한문학세계 등단 신인문학상 수상
대한문인협회 서울지회 정회원, 공감문학 정회원
서울시인협회 정회원, 현대시선 정회원,
한국문학비평가협회 정회원, 가슴 울리는 문학 정회원
공화문 시인들 정회원, 시성 한하운문학 정회원
한국문학예술 연합회 정회원, 세계문화예술 연합회 정회원
청암문학 운영위원 서울지회 사무차장, 담쟁이문학 이사
2019년 시화전 전국 순회 참가
시가모 인사동의 노래하는 시인으로 활동중
〈수상〉
2019 자유시 공모전 "민레들 가족" 우수본상
2020 올해의 좋은 시
20201년 여울문학 여울문학상 수상
〈공저〉
2020년 대한창작문예대학이수 졸업 작품집 발표
2019년 계간지 참여 봄호. 여름호. 월간 시잡지 9월호 이달의 시인등장에 등재, 48인 자선시집, 2020 봄 계간지 참여, 2020년 동인문집 참여, 2019년 동인지 "가울문", 2019 사화집 동인지, 2019년 동인지 "보리피리"

박꽃 / 김진주

하얀 속살이 부끄러워
밤에만 피는 여인
달빛 내리면 애처롭게 눈물짓는
넌, 야화

뽀얗게 분칠한 화관은
풋살 미소 짓는 수줍은 소녀

밤이 되면
하늘 향해 손짓하고
바람 불면
꽃잎 자락 살랑인다

해 뜨면 잎새 뒤에 숨어
떠가는 구름 잡고 살금살금 장난질
노을 지면 하얀 미소를 짓는다

그러다 어느 날,
지붕엔 박꽃 지고
풍성한 가을이 두둥실
달님 별님 잔칫날.

가을문

부레옥잠 / 김진주

꽃 비녀 연지곤지 족두리
물 위에 녹색 치마 사려 입고
화르르 피어 타오른다

사 그르듯 접어들다
눈물 삼키듯
하루를 살아도 괜찮다
당신을 사랑했으니

눈물겨운 사투는 일순간
조용히 사랑했던 기억 품고
녹아내리는 부레옥잠

찢긴 마음에 흐느끼는 눈물은
이슬이 되고 꽃비가 되었네.

능소화 연정 / 김진주

시절을 거역할 수 없어
겹겹이 이슬을 삼키고

애달픈 사랑
토해낼 수도 삼킬 수도 없어
담장을 부여잡고 절규를 하며

사랑한다!
전할 수도 없어
켜켜이 쌓인 억장 선홍빛
꽃 장으로 수를 놓는다.

남원자 시인

프로필

서울문화예술대학교
대한문인협회 경기지회 정회원
대한문학세계 시 부문 등단 신인문학상
(사)창작문학예술인협의회 회원

〈공저〉
대한문인협회 경기지회 동인문집 “달빛 드는 창”
2021 명인명시 특선시인선

희망을 노래하다 / 남원자

파란 하늘 실 구름 사이
아주 강렬한 태양은
풍차와 회오리 같은 원을 그리며

연둣빛 향기와 봄 노래가
상큼하고 따뜻하게
내 가슴에 포근히 안긴다

저 넓은 들녘
아롱아롱 아지랑이 연초록 향기 뿌리며
너울너울 춤을 추면서 날아온다

보일 듯 말 듯 저기 언덕 들판에
종달새 지지배배 오늘을 노래하고
가물가물 아지랑이 잡힐 듯
내 가슴으로 다가와 안긴다

꽁꽁 얼어붙은 동지섣달 같은
온 마음을 열고 들어가 봄을 노래하고
강렬한 태양 가득한 환희에 손뼉 치며
희망 가득한 봄을 노래하리라.

달맞이꽃 / 남원자

이른 아침이 되면
샛노란 꽃잎 향기로
달님을 맞이하는 달맞이꽃

한낮에는 수줍어서
고개를 숙여 꽃잎을 감추고
향기만 내 뿜는 달맞이꽃

밤이 되면 꽃잎에
이슬이 맺혀
까만 밤 등불 되어 밝힌다
밤새 한잎 두잎 꽃을 피우고

사모하는 임 기다리다

황금빛 눈물 흘리는
달맞이꽃으로 태어나는 전설의 꽃
밤의 요정 달맞이꽃

숲속의 아침 / 남원자

파란 하늘에 흰 구름 두둥실
자연 속에 서 있는 초록 나무들
입구에 들어서면 반겨주는
산속에 매미들의 합창 소리

조용하고 평화로운 초록 나무들
잔잔한 호숫가에 소금쟁이
나비들 나풀나풀 춤을 추는
자연 속에서 벌들이 윙윙 유영한다

잠자리채 들고 다니는 어린아이들
동심을 자극하는 하하 호호
좋아라~ 환호성을 부르고
뒤에서 호령하는 아빠들 그 모습이 이쁘다

요란하게 울어대는 매미들
산새들의 아름다운 화음..
이 여름날의 작열하던 햇살을
못 내 아쉬워하고 있구나

파란 하늘의 솜이불 위에서
팔베개하고 추억을 안주 삼아
여름날의 생애를 아쉬워하는
매미들과 노래 부르고 싶구나!

도분순 시인

프로필

아호 : 송향
경북 군위군 효령면 출생
경북 봉화군 춘양면 거주
2017년 11월 대한문학세계 시 부문 등단
(사)창작문학예술인협의회 회원
대한문인협회 정회원
대한문인협회 대구경북지회 정회원
문학 어울림 회원
한국 문인협회 봉화지부 정회원
영주 문예대학 11기 졸업
영주시 시 낭송가로 활동 중

2017년 12월 대한문학세계 신인문학상 수상
2018년 10월 대한문인협회 주관
대구경북지회 주체 향토글짓기 경연대회 동상

강한 모성애 / 도분순

깊은 물 맑은 물속
연어의 물고기는

오로지 자식을 위해
고통마저 기쁨이다

어미의 살점을
새끼의 생존을 위해 먹인 줄 안다

살점은 사라지고
앙상한 뼈만 남아

연어는 물길 따라
아래로 흘러간다

모성애 강한 연어는
그의 새끼가 또 어미로~

가을의 그리움 / 도분순

그때가 그립습니다

밤꽃 향기가 사라지고
열매가 아람 영글어
그때의 추억을 부릅니다

잡힐 듯 잡히지 않는 그리움
쌓이고 쌓여만 가는 갈무리
양손에 가득했던 추억의 밤톨들

지금 보듬어 달라고
여린 알밤이 내려다보며
그리움을 가을바람에 띄웁니다

그것 아시나요
알밤이 당신을 닮았는지
당신이 알밤처럼 귀여운지?

밤톨이 외로워
풀숲에 떨어지는 것을
그리워서 주울 수도 없답니다

그리움만 켜켜이 쌓여
밤 향기가 당신 품이려니
맡고 또 맡아봅니다.

바람 부는 날 / 도분순

따뜻한 봄날
어디서 왔을까

나뭇가지 흔들어
부끄러워 볼 붉히는 나목의 설렘

마음마저 흔들어놓고
태연한 척
고개를 트는 얄미운 바람아

나무는 말한다
태풍 같은 열정을
목마르게 기다렸노라고

새싹 돋는 기쁨으로
반기고 싶었지만
그 용기 없는 미적임이 싫었다

꽃샘추위에도 따뜻한 봄이기를
두 손 모아 기도하는
앙상한 가지의 간절한 마음

단 하나의 이유가 영혼을 헤집는다.

도현영 시인

프로필

시호 : 매향 (매화의 향기)
경상북도 군위군 효령면 출생
(현) 대구 거주

2017.06.대한문학세계 시 부문 등단
(사)창작문학예술인협의회 회원
대한문인협회 대구경북지회 정회원
가슴 울리는 문학 (총무)

〈공저〉
가울문 동인지, 푸른 문학, 문학 고을, 다향 정원 문학
시학과 시 문학, 문학어울림, 서울문학

〈수상〉
2016/12 제36회 대통령기, 2019/12 제39회 대통령기
국민독서경진 서구편지글부문 장려상
2010/12 대구광역시 서부 경찰서장상
2020/12 서구청장상
2021/01 국회의원상
2017/06 웃음코칭 자격증 취득

섭리를 거스른 불편한 진실 / 도현영

자연 속의 일부인 아름다운 산에
헤아릴 수 없는 영롱한 이슬방울 내리니
자욱한 안개가 되어 새벽을 밀쳐낸다

밤새 선잠 자던 산천초목은
뿌리 내린 곳이 제집인 양
계절 따라 부는 바람에 섭리를 깨달은
산은 수천 리 움직이는 고래를 궁금해하고

낮과 밤에 별빛이 없어도
해와 달은 출렁이는 너른 바다에
시선 따라 꽃 물결 빛내는 윤슬이 있음에도
바다는 진달래 개나리 향기를 그리워한다

모래톱이 쌓이고 쌓여 바닷속의 숲인들..

허전한 산과 바다는
새들과 물고기의 울음소리 소환하여
나뭇가지와 잎새, 갯벌 모래에 서걱거리며
서로 불변의 법칙이 아쉽다고 흐느낀다

살다 보면 입맛 다실 사유도 있지 않던가

인생도 그렇다
각자 주어진 역량에 감사할 줄 모르고
능력껏 이룬 행복을 탐하면
마른 날벼락은 가슴 치게 할 것이다.

흙 / 도현영

아지랑이 피어오를 봄날엔
나 역시 가슴 설렌다

폭염이 수분을 고갈시키면
나의 얼굴은 거북이 등짝 되어가고
목말라 벌렁거리면 벌레들은 부산떤다

때론
장마로 동동거리다 가라앉았다가도
바람 잘 날 없을 때는 먼 여행을 한다

젊음을 불태우는 잎새들
가까이하기엔 먼 당신으로 바라보다가
바래진 사랑이라도 내 차지가 될라치면
휑한 바람의 질투가 심상치 않다

찬 바람 불 때마다 슬픈 나무는
뿌리가 추울 것 같아 탐탁지가 않지만
낙엽 대신 덮어 줄 첫눈을 기다린다

난 자연의 순리대로 몸살이 난다

언젠가는 생을 마감할 인간들도
내 품속을 파고들 테니 끝이 아니다
영원히 살아서 숨 쉰다.

지쳐버린 사랑 / 도현영

뜨거웠던 나날의 아쉬움도
기약도 없이 훨훨 떠나려는 그대
다시 볼지도 모를 사랑이 두렵다

설레었던 날이 언제였던가
이별의 여운마저 사라지게 한
그대의 열꽃은 나에겐 고통이었다

그 힘들었던 날들
하루빨리 이별하고 싶던 고뇌로
아픔과 후회 속에 살지라도
또 다른 가을을 품으련다.

뜨거운 정사는 이젠 그만
산들바람 시샘하면 폭설이 덮칠까 봐
살랑살랑 가을 사랑만 노래하련다

갈대 수염에 납작 엎드린 옛사랑이
처량한 신세로 울부짖더라도
은빛 물결을 스케치하며 살고 싶다.

박가영 시인

프로필

본명 : 박점옥
경남 하동 출신
현재 미국 세인트루이스 거주
2018년 한양문학 시 부분, 등단
전주시립 무용단원 활약. 세인트루이스 문화예술원 무용단장.
Anheuser-Buseh 봉사상. 세인트루이스 한국문화원
35대 세인트루이스 한인회 공로패 수상. United States Army Garison
감사패
시카고 한국무용단 감사. (現
한양 문학상 시 부분 대상 수상
한양 문인회 회원, 문예마을 회원

호산 / 박가영

칼바람 비탈길 홀로 올라
육신의 고통일랑 아랑곳없이
천명의 부름에 머리 숙이고
한 길만 걸어온 외로운 임이시여

사람들의 매서운 눈초리들
눈보라 치는 첩첩산중
눈바람 친구 삼고 나뭇잎 이불 삼아
지새운 낮과 밤에 어이 비하리

인고의 아픔일랑 설산에 묻고
산신의 정기 온몸에 받아
외로움과 아픔에 헤매는 중생들
희망의 젖 줄기 열어 주셨네

긴 세월 30년 외길 걸어와
온정성 투입해 마련한 산왕사
산신의 영검함 이곳에 모셨으니
전 세계 벌 나비들이 임 찾아 날아드네

추억은 눈꽃 되어 피어나 / 박가영

사뿐히 춤추며
꽃잎 되어 내리는 눈
하얀 꽃의 세상을 만들고

바람에 몸부림치다
거대한 벽에 부딪혀서
하늘로 날아오르네

잠들었던 추억들
처녀 가슴 보일 듯 말듯이
수줍어 불그스레 지고

한잎 두잎 꽃잎 쌓이듯
옛 사연들 새록새록
마음에 창을 여니 입가에 번지는 미소

시린 겨울날엔
눈가에 맺히는 이슬
눈꽃 되어 피어나네

매화 / 박가영

높은 산 양지에 피어난 꽃이여
찬 바람 눈비에 얼굴 씻으며
미소짓고 서 있는 모습
가슴 한구석 쓰라림이 있어라

산새들 짝을 지어 입맞춤하고
목청 높여 노래하며 너를 반기니
나 여기 높은 산임 찾아왔네

깊은 마음을 토해내는 바람일까
산천이 울려 산새들마저 숨죽인다

달빛에 비치는 아리따운 모습
너와 함께 지새우는 밤이 축복이어라.

박남숙 시인

프로필

경북 구미
대한문학세계 시 부문 등단
(사)창작문학예술인협의회 회원
대한문인협회 정회원
대한문인협회 대구경북지회 정회원
대한시낭송가협회 정회원
2021년 신춘문학상 공모전 은상

〈저서〉
"그리운 것은 사랑이다"

〈공저〉
명인명시 특선시인선 (2019~2020)
"가울문"
2019년 대한창작문예대학 졸업작품집 "가자 詩 심으러"
낭송하는 시인들

그 여름꽃 / 박남숙

스며드는 풀잎의 향기
어느새 유월 끄트머리에 날아들어
눈부시게 고운 자태의 꽃술이
유혹의 살점을 꿰매고 있다

인연의 날개가 뒤척이는 기왓장에
새겨둔 사랑의 서약은
소나기에 씻겨 능소화 뿌리에서
처연한 잠을 청하려 뒤척이고 있다

불어오는 바람결에 행여나 임 오실까
허기로 채워진 그리움의 주홍 꽃잎
기약 없는 기다림의 눈빛만이
처마 끝에 풍경소리로 그대를 불러본다

붉게 피어오른 노을빛에
빗금 진 마음 쏙눈에 묶어놓고
임 향한 부푼 가슴 길게 뻗은 능소화는
살몃살몃 사립문만 바라보며
별이 되어 울먹인다.

당산나무 / 박남숙

연둣빛 햇살처럼 미소짓던 당신
동구박 느티나무 등껍질처럼
어머니의 숨결이 머물던 그곳에는

어느새
빈 마당의 쓸쓸함이 퍼덕거리며
가슴 언저리부터 곪아 가고 있습니다

봄이 오면 곡물을 머리에 이고
오일장을 가시던 당신의 하얀 고무신
서산마루에 붉은 노을이 누울 때쯤

고단한 하루를 풀어놓던 평상엔
고등어와 왕사탕이 널브러진 장날은
아궁이도 웃었습니다

가족이라는 올가미에 갇혀
세월의 흔적을 지우지도 못한 채
꽃 가마 타시던 때가 어제 같은데
먼 능선을 두 번이나 넘은 당산나무 아래
추억이 파도처럼 넘실거립니다

그리움이 바람의 발등을 밟는 날은
철없던 그 시절 마법처럼 날아가
당신을 품어봅니다.

봄으로의 귀환 / 박남숙

서걱대는 갈댓잎이 흔들리는 곳으로
굽어진 등에 걸린 주름진 세월이
삶의 쉼표하나 찍어둔 채 하늘을 바라본다

턱 밑에 걸어둔 인연의 수레바퀴를
만지작거려도 외로움으로 삐걱대는
들리지 않은 허수아비 풍경처럼
봄의 풍금 소리가 아련하게 들려온다

여명으로 다가왔을 간절한 소망
소소한 일상이 눈물겹도록 그리운
빈 가슴으로 살아가는 우리는
내일을 잃어버리지 않았기에 꽃등을 켠다

물거품처럼 넘실거리는
저 푸른 꿈의 능선을 지나면
힘차게 희망의 문을 여는 바람의 손짓
나직한 흔들림이 봄꽃으로 퍼져온다.

힘차게
희망의 문을 여는
바람의 손짓
나직한 흔들림이
봄꽃으로 퍼져온다

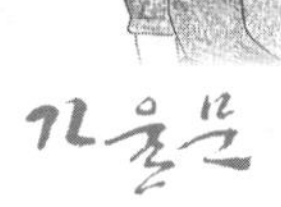

박순환 시인

프로필

부산광역시 출생
현 부산 거주
대한문학세계 시 부문 등단
(사)창작문학예술인협의회 회원
대한문인협회 부산지회 정회원
현 가슴 울리는 문학 정회원

마음 / 박순환

마음은 흐르는 물과 같은 것
생각하고 보는 방향에 따라
시시때때로 변화는 법

마음 주고받는 것 따라
인연의 깊이도 변화무쌍하다

인연이 닿아
진심에서 시작한 고운 마음들도
세월지나 이별할 때쯤엔
그 초심 또한 변한다

만남의 빛나게 하고 말고는
상대 마음을 받는 사람이 시큰둥하면
주는 사람은 마음의 상처로 남는다

영원히 변치 않을
마음의 등불은 없는 걸까

자신의 거울 속에서
또 다른 배타적 가슴이 존재하는 것
이타적 마음 주는 것도 중하지만
그 마음 곱게 받을 역량도 중요하다.

잔잔한 물결 속에 / 박순환

하나의 물결이 너울거리며
여러 물결 용트림 속으로 휘말리면서
회오리치듯 흘러간다

속과 겉이 다른 물결이
하나의 마음이 되기 위한 몸부림일까

세상 사람들은
저 용트림을 보고
무엇을 이야기할 수 있을지..

하나의 물결이
전체를 둘러싸는 것과 같이
하나가 열을 잇고 열을 이은 물결이
큰 물결로 출렁이는 인생살이

인제 와서 무엇을 얘기하리
돌아갈 수 없는 인생 속에서 헤매는 내가
바라옵건대, 평온한 여생이기를
잔잔한 물결에 소망을 싣는다.

기약 없는 길 / 박순환

기약 없는 길에서
부딪치는 수많은 인연 속에
스치는 인연과 필연이 될 수도 있건만
모른 채 지나치는 경우가
한 번쯤 경험하며 살아간다

해가 뜨면 황혼 녘이 도래하듯
우리네 인생살이 짧다면 짧을진대
그 얼마 안 되는 삶을 아등바등한다

넘어가는 인생 길목에서
스쳐 지나가면 어떻고
반갑게 인사한들 무슨 의미이겠냐만

어디 사람이 그러겠냐
본디 선한 정겨움이 그리운 것을..

인연을 소중히 간직하다 보면
기약 없이 가는 길목에서도
외롭지만은 않을 터
난, 그 길목을 걸으려 서성인다.

송미숙 시인

프로필

시호 : 하정(霞庭)
한국 문단 2015년 9월 11일 등단
시조 신인 문학상 수상 10월 31일 등단
아동문학 등단
교육신문 대한 교육 문학상 아동문학 최우수상
문학 공로 예술 효도 상 수상
문학 신문사 주최 동양 문학상 시조 부문 수상 대상
한양 문학 문학상 수상
우리 시 활동
대전 문예 마을 활동
대구 문인 협회 회원

파도야 울지 마라! / 송미숙

차르륵, 차르륵
몽돌 깎이는 소리
어디선가 부르는 소리는
미련만 남기고

백사장 물보라는
그리움만 새긴다

울지 마라, 울지 마라! 파도야

수많은 사연에
울고 웃는 사이
바람결에 흔들리는
새하얀 포말은

흘러가는 세월에
흐느끼며 철썩인다

연리지 / 송미숙

왜 이제야 깨달았을까요

우리는
비바람 속에서도 함께한 사랑인걸..

우리,
이 세상 다하는 날까지
꼭 잡은 손 놓지 말아요

가슴속에 박힌
뜨거운 사랑이니까!

봄비 / 송미숙

그대는
어디로 떠나기에
그토록 힘들어하는가

차갑도록 밀어내는 정에
서운함이 쌓여
참았던 눈물 쏟아내는가

봄비가 흘러
벌써 가을이 왔건만
그대는 보이지 않는다

쓸쓸한 낙엽이 지고
눈 꽃송이 끝자락 보일 때쯤
또다시 봄비로 내리겠지

그땐
우리 가슴 설렐까?

심선애 시인

프로필

호 : 예랑
2020. 2월 대한문학세계 시 부문 등단
원광디지털 대학 졸업
현 독서 논술교사

이슬 사랑 / 심선애

햇살이 부드럽게 내리는 아침
새들의 노랫소리가 청아하게 들리면
해맑은 유리알처럼 당신께 가렵니다

고운 연꽃 피워올린 연잎에
풀 향기 그윽하게 안아 올리지만
그 여린 몸짓이 불면 날아갈까 봐
이내 마음 졸입니다

밤새 달님이 낮달로 변해가는 시공간

바람이 밀어준 그네를 타며
당신의 너른 품에 오롯이 맺혔다가
작열하는 태양에 메말라가도
이 마음 다해 사랑하렵니다

내 사랑 그대 곁에
정갈한 마음으로 새 아침을 맞이하며
티끌 한 점 없는 투명한 그리움으로
다시 만날 날을 기약합니다.

그대의 하루는 / 심선애

하루를 뜨겁게 달구다가
수줍은 얼굴로 사위어가면서도
마지막 인사만은 유려하게 흐른다

서녘을 붉게 물들이면
삶에 지친 새들도 고단한 농부도
소망의 간절함을 미룬 채
둥지를 찾아 종종걸음 한다

어둠이 내리면 덧없는 눈물로
가끔 저 먼 검은 산천을 바라보면
그립던 가슴이 뜨거워진다

그런데도
검푸른 바다를 낭자하게 물들인 건
숨겨둔 사랑을 태우는 그대 가슴인가

짧은 순간의 황홀한 표출이
잰걸음으로 하룻길 접으려 했던
나그네 시선을 멈춘다

오늘도 열정적으로 살다 가는 그대
내일이면 또 정열의 빛이겠지만
그대가 흘린 주황색 눈물을
바닷물은 말없이 닦아준다.

낙엽 / 심선애

수많은 사연과 아름다운 추억이
가을바람 따라 흔들리더니
임의 발치 위에 사뿐히 내린다

그 화려하고도 애잔한 낙하에
깊은 숲 홀로 나는 가을 새처럼
가슴에서는 고요히 파문이 인다

사랑의 분홍빛을 피워내던 시절은
레드 카펫 위, 별처럼 빛났었고
어두운 밤 폭풍우에 서로의 마음 다졌는데

가을이 저물기도 전에
찬란하게 빛나는 옷 입혀주며
이별을 전하는 말에 아픈 눈물 주워 담았다

찬바람 일렁임에도
어기신 가슴 날래며 서 있을
임의 발등 포근히 감싸주려는 걸까
붉은 가슴으로 소복이 쌓인다

낙엽 지는 가을날 왠지 가슴이 아린다.

안혜정 문우

프로필

전남 보성 출생
현) 경기도 포천시 거주
2007년 독서지도사 자격증 취득
2007~2019년
사단법인) 어린이도서연구회 정회원으로 활동
2014년 책 놀이 지도사 자격증 취득
2014~2015년 책 놀이 강사로 활동

반전 인생 / 안혜정

텅 빈 가슴 부여잡고

껍데기만 남은 채 황량한 들판에

홀로 서 있다

다시는 돌아오지 않을 시간

흔적 없이 떠나보내고

한없이 여린 꽃은

뿌리 벗 삼아 단단하게

한 잎 한 잎 힘겹게 피워내더니

상처 딛고 일어서서

환한 미소로 자유를 만끽한다.

가로등 / 안혜정

동틀 무렵
비릿한 내음을 풍기는
호숫가를 거닐다 보면

밤새 홍조 띤 소녀는
온데간데없고
창백해진 여인과 마주한다

내일을 꿈꾸며 수줍어하던 그 소녀
어디 갔을까

새벽을 열어
하루를 시작하려는 시선과
하루를 마무리하려는 시선이
모종의 눈빛을 교환한다

그사이
아침을 맞이한 여인이 홀로 서 있다.

아침이슬 / 안혜정

또르르, 또르르
수줍은 소년이
내 볼에 입 맞추면

어스름한
새벽을 지나

아침을 훔쳐낸
앳된 소녀는

어느새 다가온
따스한 햇살을 따라

또르르 소리도 없이 사라져갔다.

유수봉 시인

프로필

아호 : 靑松
충북 옥천 출생
2018. 열린 동해문학 시 부문 등단
2019. 열린 동해문학 수필 작가 문학상
2019. 시와 달빛 문학 시 부문 등단
2019. 한국문학 동인회 등단
2020. 림영창 서사시 문학상
2021. 열린 동해문학 시조 부문 문학상

〈저서〉
1집 봄 바라기들의 반란
2집 내 마음에 새긴 글꽃

〈공저 및 마중물〉
전원에서, 푸른문학, 한국신춘문학
시와달빛 문학, 문학고을, 현대시선
동양문학, 한국문학.
2019 열린 동해문학 공로상
2020 열린 동해문학 공로상

시계네 삼 형제 / 유수봉

초침의 부지런함

우리 집

보배일세

분침이 중심이 돼

형제의 돈독함을

시침이 우보 걸음

믿음직한

맏아들

셋이서 의기투합

흐름을

알려주고

하루를 조목조목

맡은 일 충실하니

온 세상 사람들에게

사랑받고

있겠지

초침의 부지런함
우리집 보배일세
분침이 중심이 돼
형제의 돈독함을
시침이 우보걸음
믿음직한 맏아들
온세상
사람들에게
사랑받고 있겠지

진선미 / 유수봉

날마다 이어지는
봄 처녀 선발대회

내세울 가문마다
화려한 몸단장과

영광을 가늠케 하는
분위기는 최고조

심사는 시선으로
점수를 올리지만

봄 까치 청노루귀
바람꽃 얼음새꽃

모두 다 최선을 다해
장관이요 경사네

그토록 갈망하던
올봄의 우승자는

우아한 목련 아씨
큰 점수 나왔으니

산벚꽃 화려한 모습
준결승의 자리에

*얼음새꽃 (복수초)

설 / 유수봉

어머님
나를 낳아 아버지 기르시고
세상에 나가거든 뭐든지 조심해라
간곡히 당부하시던
사랑하는 그 말씀

낯 서른
객지 생활 어느덧 몇 해던가
설날이 다가오면 고향을 갈 때마다
삐거덕 대문 소리에
버선발인 가족들

가방엔
오색 양말 펼쳐진 보따리에
신기한 선물인 듯 웃음이 피어나고
동생들 아우성들이
새록새록 그립다.

이동구 시인

프로필

호 : 광지
수필 작가, 작사가, 가수
사단법인 종합문예유성 글로벌 인재개발협회 상임위원
2020년 대한민국 베스트셀러 작가 증서 획득
사단법인 문학애 회원
현대시선 문학사 회원
가슴 울리는 문학 회원
대한민국 가곡 작사가 협회 정회원
사)한국중앙예술인 총연합회 정회원
사)한국연예예술인 총연합회 정회원
저서 / 시집 "그대 하얀 마음을 만나다"
공저 / 대한민국 대표 명시선, 특선 시인전, 현대 명시 특선전,
아버지의 강, 수레바퀴 외 다수
대구광역시 딸기예술봉사단 단장
열린음악예술단(봉사단) 정회원
가요 앨범 2집 발매

세월 / 이동구

내가 없는 곳에서
나를 부르는 소리

밤하늘 짙은 구름에
여린 마음이 달렸다

하나둘
눈을 적셔오는 별빛

저 달 속에도
푸르던 나는 없구나!

소나무 껍질이
세월을 못 이겨 벗겨지듯

나를 부를 때면
나를 빠져나가는 나

나는 세월을 삼킨
소나무의 껍질을

가만히 앉아
붙여보고 있었다.

사진 속의 날들 / 이동구

그날이 온 것처럼 추억이

벽에 걸린 날들이
내 맘을 만지며
나를 깨우고

아련한 날들이 잊힐까

그 몇 장의 사진은
그날을 말하며
그날을 보낸다

저기에 날들을 보라
우리의 날들이었다
빈 가슴 아닌
우리의 날들이었다

당신과 나의 모습
눈앞에 그날이 내리네!
네모 속 우리의 날들이..

삶 / 이동구

삶에서 그 마음을
멈추지 않으려거든

오늘도 그 마음을 움직여
자신을 노래하라

그 마음이 자꾸만
멈추려 하거든

나는 또 맑다
여전히 맑다 하여라.

이세복 시인

프로필

아호 : 청아
경북 군위군 출생
대한문학세계 시 부문 2019년 등단 신인문학상 수상(적송)
대한문인협회 정회원
대한문인협회 대구경북지회 정회원
1997년 대한 투석지 월호 수필 부분(공저)
2019년 푸른 문학(공저)
2019년 문학 고을(공저)
2019년, 한국 신장투석 수기 공모 (공저)
2019년 대한문인협회 10월 2주 좋은 시 선정(독백)
2019년 가슴울 울리는 문학(동인지)
2019년 대한문인협회 향토문학상
2020년 대한문인협회 짧은 글짓기 동상
2020년 대한문인협회 명인명시 특선시인선 선정
2020년 대한문인협회 1월 두 번째 주 금주의 詩 "지는 세월이 서럽다"
2020년 9월 4주 대한문인협회 좋은 詩 선정 "그리울 겁니다"
2020년 12월 동양 문학 공저
2021년 대한문인협회 명인명시 특선시인선 선정
2021년 대한문인협회 짧은 글짓기 입선

실타래 끊어진 인연 / 이세복

속이 타다만 검붉은 숯덩이를
바닷물에 씻어내리면 평온을 찾을지
푸른 옥빛 바다를 달리는
유람선이든 페리호에 가슴을 싣고 싶다

모진 바람과 설움 한 짐 지고
풍상의 바다 같은 삶을 꼿꼿이 지켜온
그 자존심 가득 찬 판도라 상자가 열려
원 없이 뿌려주면서도 할 말을 잊어버렸다

그토록
그 어떤 이상의 삶을 갈망했는지..

가지고 갈 것 없는 저승이라지만
안쓰러운 흔적들이 폐부를 짓누르는
천상천하 유아독존이란 말을 자주 하던
그저 한 때의 인연에 목이 멘다

더는 아픔, 눈물도 고통도 없는
이승의 고뇌가 한갓 꿈이시길 비나이다.

능소화 / 이세복

가지마다 주홍빛 사랑을 주렁주렁 매달고
소화는 담장에서 그네를 타는 동안
애꿎은 가슴은 널을 뛰고
애심은 붉게 타들어 간다

태양과 맞서 피우는 애욕과 탐욕
서서히 빛바랜 한 때의 애증

그리움은 넋을 위로하듯
가슴에 아로새긴 주홍빛 사랑
꽃진 자리가 초연히 아프다

첫정의 사랑인지
홀로 정절을 지키는 가엾은 배임인가
마음을 내어준 그리운 임이여
한 가닥의 희망이라도 품을 수 있게

고운 달밤 은하수 뜨거든
오지 못한 당신의 사연을 별들에 새겨
가슴 깊숙이 눈부시도록 뿌려 주시면

언젠가는 찾을 거란 기대에 꿈을 꾸며
어두운 밤 오시다가 넘어지지 않게
당신을 위해 황색 불을 밝혀 드리리다.

옹이 / 이세복

만산에 초록으로 녹음을 토해내고
인고의 수많은 세월
깎이고 패여 옹이가 되었습니다

비바람에 부러지고 쓰러진 세월은
우리네 인생과도 다르지 않았고
가슴으로 흐르는 절규
그 얼마나 많았던가

아프다 넋을 놓고 지낼 수 없는
세월의 이야기
지나고 보니 삶에 옹이가 되었습니다

한번 상처가 덧칠하고 더께며
큰 옹이 작은 옹이 셀 수 없는 흔적

그 옹이의 상처를 가슴으로 치유했더니
이젠 곱고 튼실한 희망의 새순이
파릇파릇 곱게 자라 꽃이 핍니다

누가 봐주지 않아도
달래고 키운 깊은 속사랑을
이젠 스스로 품어봅니다.

이시중 시인

프로필

아호 인송(仁松)
수필가
전)대한문인협회 정회원
사) 민주문인협회/민주문학회/민문협 활동 중
사) 한국다선문인협회 (전) 홍보 이사
사) 한국다선작가협의회 (전) 홍보 이사
사) 한국문학작가회 (전) 정회원
사) 샘터문학(시샘문) (전) 홍보 이사
사) 한국가곡작사가협회 (전) 운영 이사
법무부 한국법무보호복지공단
서울지부/사회성 향상위원회 (전) 교화위원
팔공문인협회 정회원

행복이 가득한 하룻길 / 이시중

짙은 어둠이 걷치고
화창한 햇살이 창턱에 앉을 때
댓바람 아카시아 꽃향기 날라 주니
상쾌한 기분에 아침을 열었습니다

신록의 싱그러운 풀잎마다
아침 이슬방울 떼구루루 똑똑
맑음의 경쾌한 음률은 나를 유혹하니
밝음의 미소가 번지는 아침이 됩니다

선잠에 찌뿌듯한 몸뚱이
만개하듯 웃음꽃으로 피로를 풀고
눈에 보이는 꽃들의 향연처럼
축제의 하룻길을 사부작거려봅니다

어제는 무척 힘들었으나
오늘은 좀 더 편안한 일사천리로
온종일 그리운 내 당신 생각에
즐겁고 행복한 하루입니다

팽팽한 경쟁 속 하룻길에서
힘들고 지친 시간의 연속이어도
편히 기대 쉴 수 있는 그대 품 있어
하룻길이 마냥 즐겁고 행복합니다.

여망에 어둠이 걷히길 / 이시중

생의 욕심은 더 나은 삶을 살기 위함인데
가진 것 없어 아쉬우나 다른 것 채움인지라
안 차면 대신할 허허 공간이 있지 않은가

그 무엇을 더 가지려 그리도 집착하는가

생의 만남은 헤어지기 위한 세레나데요
또 다른 시작의 인연을 만나기 위함일진대
이미 만난 인연은 소중하고 고귀한 것이니
어찌하여 오랜 인연마저 스스로 끊으려는가

바늘구멍 바람에도
꺼질 듯한 생이라지만
살아 있어 숨 쉬고 헐레벌떡 억척스레 견딤은
한 떨기 꽃을 피워내기 위한 몸부림일진대

어찌
이 몸은 엄동설한 칼바람 앞에 촛불인가?

내 눈엔 너만 보여, 사랑해 / 이시중

사랑해, 사랑해
콩닥콩닥 심장 쿵쿵
그대 고운 사랑 마음 밭에
사랑해 말씨를 솔솔 뿌렸더니
향기로운 사랑 꽃이 피었더라

사랑해! 너만 사랑할 거야

부드러운 속삭임 속닥속닥
깨알 솔솔 풍기는 사랑의 향기
탐스럽고 달곰한 열매 주렁주렁
도란도란 사랑 나눔이 꿀맛이네

내 눈엔 너만 보여, 사랑해
사탕보다 꿀이 더 달다 하여도
참깨보다 사랑이 더 고소함이니
세상 그 많은 달콤함이 있다 한들
사랑해, 라는 말보다 더 달곰할까

여전히 넌 이뻐, 사랑해
젊으나 늙으나 여자는 꽃이며
보석보다 달콤한 말을 더 좋아하니
세상에서 가장 달콤한 말 한마디
사랑해, 사랑해 여전히 너만 보여!

이원근 시인

프로필

아호 : 다움
1966년 전남 고흥 출생
현) 광주광역시 거주
2018년 대한문학세계 시 부문 등단
대한문인협회 회원
대한문인협회 광주전남지회 정회원
가슴 울리는 문학 정회원
살아있는 시, 살아있는 시인으로 남고 싶다.

동백꽃 / 이원근

한 꺼풀 한 꺼풀 양파껍질처럼
벗겨진 너의 모습에
가슴이 울렁거린다

이토록 추운 도시에서도
한겨울의 꽃이 되어
뜨거운 사랑을 일구다가
두리뭉실 세상을 등지려나

빨간 웃음 짓는 얼굴이
여인네 입술보다 더 빨갛다

사랑,
사랑에 목마른
총각의 마음을 훔쳐 가듯
이 늦겨울에 떠나가려는
넌, 눈웃음만 짓는구나!

봄 길 / 이원근

한낱 기우였을 늦겨울의 머뭇거림에
망울망울 맺은 꽃들이
처녀의 앳된 가슴을 유혹하고

기나긴 잠에서 깨어나 봄 향기를
맡으러 가는 처녀의 발걸음
길목마다 눈꽃처럼 휘날리며 길을 연다

설레던 만남을 자랑하며 춤추듯
올해도 처음인 것처럼
찬란한 그 길을 걸어도 보았지

사랑의 언어로도 부족한 마음을
토해내는 모습이
지나가는 발길을 멈추게 하면
참, 입맞춤하고 싶다

사랑은 그렇게 한 거라고
봄 길에서
첫사랑처럼...,

강가에 서서 / 이원근

아프리카의 초원도 아닌
전라도 황룡강에 묻어두었던 새벽
안개가 인사하듯 내 몸을 감싸고

강가에서 너와 숨바꼭질하면서
재미나게 사랑놀이를 하면
어디 있니, 어디로 갔니?

정감있게 들려오는 아침의 목소리
너를 찾아 이리저리 강을 헤집으며
사뿐사뿐 사랑 발걸음 즐거울 텐데..

아침을 여는 태양이
저편 산등성이에 얼굴 내밀면
마중 나가는 발자국 잇는 설렘을
가슴 찐하게 담아볼까나

잠깐이라도
마음 흐르게 한 황룡강의 아침
강가에서 남볼래 털어내는 사랑

달아날까
안타까운 마음에
오늘도 그곳을 찾아본다.

잠깐이라도
마음 흐르게 한
황룡강의 아침
강가에서 남몰래
털어내는 사랑

이정원 시인

프로필

아호 : 청강
가울문 밴드 임원
대한문학세계 시 부문 등단
(사)창작문학예술인협의회 회원
대한물리치료사협회 (KPTA) 정회원

〈수상〉
2020 대한문인협회 금주의 시 선정
2020 대한문인협회 좋은 시 선정
2020 유화로 보는 명인명시선 선정
2021 명인명시 특선시인선 선정
2021 시낭송 모음 '명시' 언어로 남다 선정

〈저서〉 시집 "삶의 항로"

낙동강 하구언 둑 너머 / 이정원

고요한 숨결이 잠들어 있는 작은 섬
안개와 구름이 자욱한
해안선 절경을 바라본다

수려한 사빈해안과
산등성이 같은 그리움의 물결을 따라
낙동강 하류에서 詩가 흐른다

애처로이 퍼덕이는 철새들
먼 본향의 땅을 소망하며
메마른 날개를 어루만지는 해무가
그리움을 덧나게 하지 않을까

고운 모래톱 너머
가슴 깊숙이 담아둔 사연을 풀어낼
모래 물결이 넘실대는 이곳엔 詩가 흐른다

물보라가 머무는 작은 섬
철새들 이야기가 서정의 메시지 되어
오늘도 변함없이 유수처럼 흐른다.

봄날은 간다 / 이정원

연초록 돋아나고
꽃눈 틔우던 봄이 엊그제 같은데

벚꽃이 흐드러지게 피더니
어느새 차디찬 바닥에 웅송그리고
살갑던 노란 산수유꽃이
이슬 맺힌 채 이별을 고한다

봄비로 목을 축인 백목련 꽃봉오리는
여름날이 오기 전에 진한 향기를 내뿜는다

연분홍 진달래가
사랑의 감정선을 펼쳐보지 못했건만
속절없이 봄날이 간다

순리대로 꽃은 피고 지고
인생 또한 덧없이 흘러만 가는 봄날에..

추억을 만들 몸부림처럼
찬란한 봄날은 인생의 일부분인 양
벚꽃이 가듯 여운을 남긴다.

못다 한 마음들 / 이정원

화무십일홍 같은 시절이 스쳐 간 자리
오월에 접어들어야 못다 한 생각들이
물결처럼 움실거린다

샘물같이 마르지 않은 사랑도
향긋한 꽃내음으로 여운을 남기듯이
아련한 그리움까지 생생하다

상춘객 마음일지라도
하해 같은 사랑을 상사화에 비견될까마는
용광로처럼 뜨겁게 가슴 데운다

애틋한 그리움이 애증의 강으로 흐르는..

사시사철 꽃 피우는 월계화처럼
못다 한 사랑이 오월뿐이겠냐마는
애절한 꽃비 되어 흘러간다.

가을모

이종갑 시인

프로필

시호 : 만당
한국문인협회 등단
봉선화 사랑 세계에서 1위
일평생 신안 천일염 장사
현) "가슴 울리는 문학" 자문위원

만당도 친구가 그립다 / 이종갑

새벽녘 찬 공기에
하얀 서리가 송골송골하다
서리를 우산으로 막을 수 있을까

우산이 비를 가릴 땐
내 모습 내 마음마저도 가리는 것 같다

옛적엔, 칼 갈아요~ 우산 고쳐요~
동네 골목을 소리치는 칼갈이 아저씨
무딘 칼을 손구레에 스르르 갈고
끝맺음을 숫돌에 사악~ 사악~
시퍼렇게 잘든 칼로 변신시킨다

용케 우산살 갈고
헤진 우산 천을 바느질하여 비를 막는다
우산으로 가린 내 마음을
칼갈이 아저씨가 스르르 갈고
바느질로 꿰매줄 수 있을까

부족함을 채우려 책을 읽어본다
책 속의 칼갈이도 우산살을 갈아봐도
머릿속을 맑게 해주지 않고
친구와 우정의 한잔 술이
오로지 만당의 마음을 달랜다.

코로나에 지친 이들에게.. / 이종갑

평범하면 망하고 엉뚱하면 흥한다. 힘들고 지칠 때 지하철에서 땡 벌을 부르자. 소금 장사 이 종갑은 십여 년 전 설날 다음 날 저녁 10시에 지하철 2호선 신림역에서 혼자 전철을 탔습니다. 집이 경기도 광주라서 선릉역까지 가서 모란으로 가는 전철로 갈아타야 합니다. 그러나 지난 한 해 동안 생각보다 이런저런 어려움이 많았고 조금은 위축되어 있어 어깨가 축 처져 있었습니다. 전철 안에는 휴일 늦은 시간이라 좌석이 띄엄띄엄 비어있었고 삼사십 명의 승객이 타고 있었습니다. 전철이 낙성대역을 지날 무렵, 나는 자리에서 벌떡 일어났습니다. 잠시 멈칫거리다 중간 출입문 옆 기둥을 잡고 크게 소리쳤습니다. "저는 삼보물산 이사로 승진될 이종갑입니다. 다름이 아니오라 우리 회사 규정상 이사로 승진되려면 별, 이벤트를 해야 하는데, 나는 지하철을 택했습니다. 그리고 오늘 심사를 맡은 사람이 이 전철에 타고 있습니다. (사실 심사하는 사람은 없었습니다) 그리고 이사로도 승진되지 않습니다. 저는 삼보물산의 주인이기 때문입니다.

제가 잘 부르지는 못하지만, 노래를 한 곡 부르겠습니다. 응원해주십시오. 졸고 있는 사람, 신문을 보던 사람, 휴대폰으로 문자 전송하는 젊은이, 이런저런 사람들의 시선이 모두 나에게 쏠리었습니다. 모두 의아하게 생각하며 "이상한 사람 아닌가?"? 무슨 엉뚱한 짓을 하려고 지하철에서 소란을 피우려고 그런지 하는 생각을 하는 것 같았습니다. 그래서 다시 승객들에게 '저에게 용기를 주십시오.' 하며 다시 소리쳤답니다. 그러자 군데군데에서 작으나마 손뼉을 쳐주었습니다. '부를 노래는 땡벌입니다.' 하며 큰소리로 노래를 시작했습니다.

"아~~당신은 얄미운 사람 아~~ 당신은 미운 사람 ~~~~~ ~~ 당신은 못 말리는 땡벌 땡벌 ~~~
당신을 사랑해요. 땡벌 땡벌~" 하며 소리쳐 불렀습니다. 그리고 마지막 소절의 땡벌에서는 몇몇 승객이 함께 땡벌을 외치기도 했습니다. 시작할 때는 몇몇이 손뼉을 쳤지만, 노래가 끝날 때는 정말 함성과 함께 박수가 터져 나왔습니다. "꼭 승진하세요. 정말 멋져요!" 하며 나를 격려해 주기도 하였습니다. 노래가 끝나자 나는 얼굴이 빨게지고 가슴이 콩닥거리며 어찌할 수가 없었습니다. 그래서 선릉역까지 가지 못하고 중간에 교대역에서 내려 화장실로 향했습니다. 그리고 변기가 깨질 정도로 시원하게 오줌을 쌌습니다.

휴! 휴! 휴! 사실 내 나이 오십이 넘었는데 그런 자리에서 땡벌을 부르고 나니 우습기도 했지만, 가슴이 벅차고 나 자신에 놀랐습니다. 비록, 승객들에게 거짓말은 했지만, 나의 소극적인 세상살이에 엄청난 에너지였습니다. 앞으론 꼭 안될 일도 없을 것만 같고 자신감이 넘쳐났습니다. 여러분! 우리 안된다고만 하지 말고 엉뚱하지만, 이런 방법이라도 택해서 축 처진 어깨를 일으킬 수 있는 자신감이 있어야 합니다. 여러분! 힘들 때나 어려울 때는 전철에서 혼자 땡벌을 불러보십시오. 굉장한 힘이 될 겁니다. 봉선화에 대한 열정의 원동력이 나의 당당함이었습니다. 여러분, 힘내십시오.

이철우 시인

프로필

호 : 일송
1955년 충북 청주 출생
대한문인협회 정회원
충북 문인협회 정회원
숲 해설가
숲 인성지도사
숲을 통한 인성교육 강사
산림청
숲 사랑 지도 위원
사단법인
충북 숲 해설가 협회 대표
숲 인성학교 대표

내년 봄에 꺼내어 / 이철우

꽃처럼 피고 지고 싶다
피는 환희 지는 서러움
한적한 숲 모퉁이 숨기고
저 고갯마루 넘을까

밀려가는 봄 들릴 듯 말 듯
연둣빛 돋는 속삭임 뒤로 한 채
어찌 저 재를 넘을까

아스라한 봄날의 아지랑이
애절한 춤사위 못 본 듯이
그냥 멀어져 가고 싶다

노화가 된 건지 내 맘이 무뎌져 가는지
하루하루가 지날수록
더 애틋하지 않은 날이 없구나

언제나 비움의 고개를 넘어 갈려나
언제나 나눔의 고개 다다르려나
세월이 가면 갈수록 채움은 더 하는데

숲길 걸어가며
시어 한 줄 꽃잎 속에 숨겨두고
시 한 편 나뭇잎 속에 숨겨두고
내년 봄 꺼내어 보련다.

내 안에 또 하루 / 이철우

소나무와 맥문동 사이로
새벽이 밝아 올 때
숲은 동쪽의 빛들을 끌어안고
잠을 깨우지

깊고 깊게 자리 잡은 욕심
내 작은 생각의 붓은
가만가만 비움이라 쓰지만
마음은 딴청이다

세상은 열돔이란 불청객
이글거리고
냉커피 차츰차츰 식어가는 테이블
마음이 흐려지고 눈빛이 흐려지더라

나에 그리움 너의 사랑은
하루에 산등성이에 걸려
붉은 선혈 토하며
용솟음치는 채움을 이기지 못하는
그런 지난 세월이 흔적도 없더라

채움을 내려놓지 못한
사라진 인생길
열돔과 동행하며 타오르고 있었다.

나는 숲 해설가다 / 이철우

숲길 걸으며 마음을 비워내는 것보다 글 쓰는 것이 천만 배 힘들다. 네가 숲을 사랑할 때면 나는 이미 숲속을 걸어가며 서러워할 일도 가슴 칠 일도 이곳에 다 내려놓을 것이다. 겨울이 지나고 봄이 올 때쯤이면 난, 꽃을 보러 떠날 것이고 숲을 사랑하는 건, 숲 해설가들의 몫이다.

그동안 이름 없는 숲을 주어진 대로 걸었다. 내 나름대로 하는 일은 애당초 없는 줄 알고 걸었다. 자연의 순리에 따라 숲길을 걸을 때마다 힘들었지만, 걷고 보니 정답고 의지가 되어서 좋았다. 꽃은 예쁘더냐? 나무는 얼마나 멋지더냐? 더욱 나는 일부러 욕심에 씨를 뿌리며 걸었다. 그 고운 자태 고운 꽃들이 무리 지어 넘실거릴 때, 내게는 그곳이 천국이었노라! 나는 이것으로 족하다. 나는 다른 뜻이 없다. 어떤 걸 내세울 지혜나 어떤 걸 해야 할 일이 있을 리 없다. 그래 내 소임은 숲을 사랑하는 것이다.

봄이 오면 여린 연두색을 보았고 여름 오면 나무들이 만들어주는 그늘에서 쉼을 가졌고 가을이 오면 낙엽들의 떨굼을 보았고 겨울에는 하얀 세상의 눈꽃을 찾아 숲길을 걸었다. 이것이 숲 해설가 인생이다. 꽃과 나무가 만들어내는 숲 지엄한 자연의 순리와 섭리를 나는 아직도 모른다. 그것은 아마도 나눔과 배려 사랑일 것이다. 그 깨달음을 알아채지 못한 삶 내 가슴에 맺힌 멍울이다.

그래 숲길을 걸을 때도 있고 그래 흙을 밟을 때도 있고 그래 돌을 밟을 때도 있고 그래 바위 위를 걸을 때도 있었다. 내가 세운 뜻으로 나를 가두지 말자. 내가 아프면 남도 아프고, 내가 힘들면 남도 힘들다. 힘들 땐 참지 말고 울음을 꺼내 울어라. 덧없이 그냥 부질없고 쓸모없는 것들을 담아두지 말고 바람 부는 뒷동산에 올라 날려 보내라. 나는 숲 해설가다.

이춘덕 시인

프로필

대구광역시 거주
다향문학협회 시 부문 등단
가울문 회원

밤비 / 이춘덕

꿈인가 생시인가
어둑어둑 어둠 밀려오고
밤비 오는데

그리운 사람들이
외로운 사람들이
고향 가자고

바짓가랑이 둥둥 걷고
신발 벗어들고
찰방찰방
도랑물 건너오는 소리
눈물이 앞을 가린다.

벚꽃 그늘에서 / 이춘덕

코로나 19 때문에
보고 싶은 사람
잘 만나지도 못하는 세상

벚나무 그늘에
우두커니 앉아
소주 한잔 마신다

외롭다..

저 많은 행인 중에
아는 얼굴 한사람 없다니

수많은 눈총을 받다
떨어진 벚꽃잎 하나
종이컵 술잔에 둥둥
잊힌 줄 알았던
님의 얼굴도 둥둥

홍매화 / 이춘덕

열흘 붉은 꽃이 없다 했던가
꽃샘바람에
분분히 흩날리는 꽃잎

너도 가고
나도 가고
모두가 무심히 지나가는구나

될지는 모르겠지만
저 떨어지는 꽃잎처럼
후회 없이 향기롭게
세월 지나가야지.

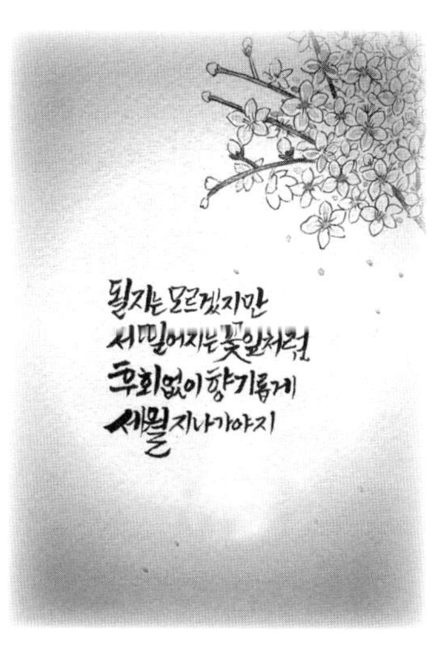

장금자 시인

프로필

아호 : 운향
경기도 고양시 거주
2017년 대한문학세계 시 부문 등단
(사)창작문학예술인협의회 회원
대한문인협회 경기지회 정회원
대한창작문예대학 제8기 졸업

2018 대한문인협회 금주의 시 선정
2021 대한문인협회 금주의 시 선정

태극기 휘날린다 / 장금자

저 먼 수평선 너머 일몰하고
일출에 눈꺼풀 비비는 초병들
애국심 고취한 눈동자는 빛이 난다

검푸른 물결 위를 나는 보라매
힘찬 날갯짓에 해무가 줄행랑 놓는
역사의 뒤안길에도 평화로운 섬

치욕스럽던 역사의 아픔을 품은
조상의 얼이 깃든 우리의 땅
백의민족 기상이 아닌가

천지개벽한들 어찌 너희 땅일까
야욕에 찬 왜 나라가 남발하는 망언이
참으로 가당찮다

영원불멸한 우리의 영토
이 아름다운 강산을 지켜내며
나는 가고 없더라도
넌, 영원한 대한의 깃발이다.

마음의 풍요 / 장금자

몰아치는 비바람 속
서로 의지하며 부둥켜안는 철쭉꽃이
인간이나 자연이나
삶에 대한 의지가 경이로워
저절로 숙연해집니다

한 치 앞을 모르는 인생
우리는 얼마나 많은 하루하루를
성공하려는 허상의 뜬구름 잡으려는 듯
풍요로운 삶마저 외면하며 살았습니까

가난하여도 마음이 풍요로워야
행복하다는 삶의 진리를 등한시하며
살아온 빛 좋은 개살구 같은 인생들
내 삶의 뒤안길은 되돌아봅니다

물질적 가치에 연연하지 않고
정신적 가치를 추구하며 밝게 미소 짓는
사랑 가득한 내면을 가슴에 품고
여생을 아름답게 그리고 싶습니다.

석별의 정 / 장금자

떨어지는 빗방울 소리에
시선은 창밖을 바라보지만
웃음 잃은 얼굴엔 눈물만 흐르고
머릿속에 애달픔만 가득하다

다시 못 올 길이라는 걸 알면서
늦은 밤 찾아들어 놀라게 하는 폭우
깊은 정 떼어놓고 떠나는 내 사랑 같은데
신숙주 후손인가 오뉴월 감주인가

잠들지 못한 눈은
지난날의 그리움에 짓무를 텐데
차라리 이 몸이 북망산천 찾아갈까

낮과 밤이 뒤바뀐 나날들 보낼 바에야
애달픔마저 떨구고 싶어도
속정 깊어 죽을 목숨 살린 은인인 것을
이 일을 어찌하나

아직도
눈물 나도록 그립고 그리운데
이리 아쉽게 떠나려 하니
난 어떡해야 하니, 대답 없는 빗물아!

전경자 시인

프로필

서울 출생
경기도 거주
2019 대한문학세계 시 부문 등단, 신인문학상 수상
2021년 4월 3주 금주의 시 선정
(사)창작문학예술인협회 회원
대한문인협회 경기지회 총무국장
대한문인협회 경기지회 동인지 참여
2021년 5월 개인 시집 "꿈꾸는 DNA" 출간
인향문단 시 부문 작품상 2019
공동저서 인향문단 4집, 5집 참여
시화집 : 모란이 피기까지, 하늘과 바람과 별과 시,
그날이 오면 참여
2020 한국문학예술진흥원
한국낭송 지도자협회 문학상
코로나19극복 최우수상
한국문학 진흥원 코로나 19극복
대한민국 시인 36시인 시특선 문학상 수상집 참여
2020 고려대학교
자연생태환경전문가협회 정회원
인향문단 정회원, 시를 위하여 정회원, 가슴을 울리는문학 정회원

소낙비 / 전경자

비가 내립니다

몽글거리는 하늘에
올라간 조각구름 하나가
먹구름 되어 소낙비로 내립니다

뜨거운 여름
더위를 식혀주는 소낙비가
얼룩진 이번 생의 사연을
하나둘 세척합니다

울다가 웃다가
설움을 토해내며
마음 달래던 오솔길에서
소낙비가 내릴 때면

제 가슴도
소낙비처럼 내립니다.

가을걷이 / 전경자

하늘은 높고
청명한데
가을은 멀기만 하고

외로움 인지 그리움인지
말 못 할 옹이는 커져만 간다

솔 버섯 피는
양지바른 오솔길에
풀 익는 냄새

옹기종기 모여서
아침 이슬 먹고 자라는
숲속의 노랫소리가 정겨워도

언제나 그랬듯이
풀벌레 소리 찾아들고
성큼 가을이 다가오면
이내 마음 어쩌지..

가을걷이 끝나면
또, 쓸쓸하겠다

믿음 / 전경자

애가 타는
속마음을 찢는
당신의 간절한 기도 속에
눈물은 묻어 둬라

기나긴 시간
힘들고 아파도
죽을 만큼 아픈 것은 아니더라

그 무엇을 찾아서
빈 가슴 채워도
슬프게 하는 것들이 똬리를 틀어
감당키 어려워도

때가 되면,
홀로서기 하려는 믿음이
여배은 채우고
나를 감싸고 있더라.

때가되면
홀로서기하려는 믿음이
여백을채우고
나를감싸고있더라

가을문

정병윤 시인

프로필

대한문학세계 시 부문 등단
(사)창작문학예술인협의회 회원
대한문인협회 서울지회 정회원

빈 병 / 정병윤

하도 배가 고파
염치없도록 허겁지겁 채웠다

허기진 외로움이
그리움을 고봉으로 채우듯이
대낮의 큰 소리도 어둠도 아랑곳없이
아무 곳 아무 때나 꺼내 먹었다

봄날이 가고 여름날에야
배부른 외로움이 허물을 벗었다

눈 떠보니
열 손가락 다 닳도록 긁고 긁은
오래된 금이 간 벽이었다

반평생 피를 철철 흘린 벽이 뚫렸다

아, 드러난 바다
채우고 비우기를 반복했던 순간들
피어린 손금에 쥐어진 시간은 15시 48분

아직
채워지지 않은 빈 병을 껴안고서라도
해 저물기 전에 바다를 건너야 한다

어머니, 불 끄지 마세요!

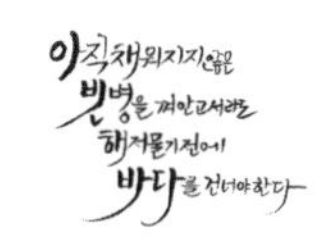

별들의 이야기 / 정병윤

내 것이라곤
밤나무에 사는 아기 새 세 마리와
누나뿐이었다

세월은 더께 지고
내 안의 가마솥에 펄펄 끓고 있는
콕시듐에 감염된 그리움..

올려다본 유달산 하늘에는
여우 털목도리를 한
얼굴이 허연 이의 손목을 잡고
떠나던 누나의 낯선 눈물이
긴 유성으로 떨어졌다

그때의 생각이 도질라치면
어금니에 무너져내린 담벼락엔
별꽃들이 무성하다

아직도 돌아오지 않는 하늘의 별
이 한 몸 흙으로 가기 전에
이루지 못한 아버지의 버킷리스트
꼭 한 번만이라도 만나 봤으면..

오늘 밤에도 별이, 별들을 운다.

존재 / 정병윤

가로는 있되 세로가 없으면
어찌 조화가 있으리오

말은 있되 마음이 없으면
어찌 말씀이리오

걸음은 있되 순리가 없으면
어찌 참 길이리오

나는 있되 사람이 없으면
어찌 세상이리오

하나,
시공간 속 존재 무상이라
눕고 일어남에 취하지 말아라

하늘 땅의 일체가 찰나의 그림자요
구름 스치는 바람이나
여기 목숨 가져가지 말아라

시궁창 같은 진흙에도
연꽃은 내린다.

정종복 시인

프로필

아호 : 청마
정종복 법무사 대표
대한문학세계 신인상(시 부문) 등단
대한문인협회 및 부산지회 정회원
한국문인협회 정회원
한국현대시인협회 회원
한국스토리문인협회 회원
(사)시인들의 샘터문학 자문위원
가슴 울리는 문학 정회원
저서 [제발 티브이 좀 꺼요] 시집

기분 / 정종복

좋은 날은
산도 바다도 하늘도
그저 좋아 보인다

주위 사람들
모두 이쁘고 사랑스럽다

세상은
내 기분 따라
내 마음속에서
꽃 피우고 진다

기분은
내 하기 나름인데
참 이상하기만

세상은
내 기분 따라
내 마음속에서
꽃 피우고 진다

양파 / 정종복

말 못 할 지난 사연
감싸고 덮었는데

이유도 묻지 않고
사정없이 벗겨내면

이 한 몸 맺힌 설움은
어디에다 숨길까

기막힌 인생 역경
한 겹 두 겹 벗고 나니

마음속 큰 응어리
스르르 풀어지는데

잘됐다 인사하려는데
당신이 먼저 울면
나는 어떡해

마른 멸치 / 정종복

낡은 소쿠리 가득 멸치 떼 누워 있다

아내는 머리통 떼어내고
내장을 발라내고 꽁지를 잘라내며
흐뭇하게 웃고 있다

마음껏 헤엄쳐 놀던
넓고 푸른 바다가 그 속에 응축되어
비릿함이 곱게 배인 아이들

버들치처럼 떼 지어 물갈래 치던
추억만 가득 끌어안은 채
은비늘 반짝이며 길길이 몸부림친 놈들
풀꽃 같이 박제된 어린 생명을
고추장에 찍어 술술 막걸릿잔을 비워낸다

한 줌의 바다가 뱃속으로 들어앉으니
다시 기력을 찾아
이리 뛰고 저리 뛰며 난리가 났다
나도 슬그머니 바다에 잠긴다

멸치처럼 쉽게 끝내고 말
일생을 잠시 잊은 채로..

조순자 시인

프로필

시낭송가
대한문학세계 시 부문 등단
(사)창작문학예술인협의회 회원
대한문인협회 정회원
대한문인협회 경기지회 정회원

대한창작문예대학 10기 졸업
대한문예창작지도자 자격증 취득
대한시낭송 협의회 7기 수료 및 정회원
2013년 지역백일장 대상
2014년 전국 백일장 은상
2018년 한국문학 올해의 시인상 수상
2020년 금주의 시인
2020년 이달의 시인
2021년 전국시낭송 대회 수상
2020년 대한창작문예대학졸업작품집 "가자 시 가꾸러" 공저
대한문인협회 경기지회 "달빛 드는 창" 공저

사랑의 달구지 / 조순자

남자라는 이유로
전쟁터 같은 삶 속에서도
무거운 가장의 짐을 지고 일하신 당신은
사랑의 달구지입니다

세상 사람들 깊이 잠든 한밤중에도
파도같이 밀려오는 졸음을
일침으로 깨우며 힘차게 달려오신 당신은
사랑의 마라토너입니다

아버지라는 이름으로
남편이라는 책임으로
사랑의 굴레가 되었던 당신은
때로는 등대가 되었다가
때로는 수호신이 되었습니다

뒤돌아볼 겨를없이 살아온 세월
어느새 반백의 세월 지나고
황혼에 이르러 빈둥지 부부가 되었으니

사랑하는 임이시여!
이제 주름살 펴는 화장품 토닥이며
오손도손 살다 갑시다.

어머님의 가을밤 / 조순자

극성스러운 밤도둑
힘없는 청상과수댁 담 넘어
가을걷이 훔쳐 가던 산골의 밤..

개 짖는 소리 요란하면
가느다란 횃대 아래 웅크린 자식들을 위해
험산 준령의 사자가 된듯한 홀어머니는
깜깜한 흙 마당을 당당히 지키셨다

토끼 같은 어린 다섯 자식
따뜻한 목화솜 이불에 담아 놓고
석유 심지 돋워가며 길쌈하시던
가엾으신 청상과수 내 어머님

놀란 가슴 진정될라치면
허술한 나무 문짝 삐걱 여시고
쪽마루 내려서서 커다란 헛기침으로 방어하셨다

장정이 밀면 부서질
낡고 허름한 나무문짝 고리를
굳게 잠그시던 어머님도
그날 밤, 아주 많이 무서웠으리

영화보다 아름다운 봄날 / 조순자

금빛 햇살 찬란하던 어느 봄날..

불혹의 아들은
벚꽃이 만발하여 온 세상 꽃천지라고
2인용 자전거에 연인처럼 어미를 태워
꽃 보랏빛 도는 벚꽃 터널을 달렸다

아름다운 꽃길 보다
시대를 초월한 아들의 효심에
나는 꽃잎 휘날리는 봄날이 꿈만 같았고
눈물겨운 영화 속 주인공이었다

훨훨 그네 타는 공원길을 지나고
하늘 높이 널뛰는 호수공원을 지날 때
아들이 담은 셀카와 동영상도 좋았지만
아들의 흥겨운 콧노래에 참, 행복했었다

보랏빛 제비꽃 새하얀 냉이꽃
샛노란 민들레꽃 흐드러지게 핀 꽃길

꽃냄새 향기로운 봄날에
아들과의 자전거 드라이브
영화보다 아름다운 봄날의 기쁨이었고
그것은 영원히 잊지 못할 추억이겠다.

조충생 시인

프로필

아호 신우(伸佑)
충남 태안 거주
대한문학세계 시 부문 등단 (2016)
(사)창작문학예술인협의회 회원
대한문인협회 대전충청지회 정회원

〈受賞〉
대한문인협회 올해의 시인상 수상(2018)
대한문인협회 금주의 "좋은 시" 선정(2018)

내 가슴속에 꽃으로 활짝 핀 그대 / 조충생

연못가에 핀 노란 금잔화 꽃이
살며시 스치는 솔바람 결에
향기를 풍기며 방긋 웃는 듯
피어 있는걸 보니

꽃보다 더 예쁜
그대 생각이 간절히 나네요

꽃잎이 바람에 흔들릴 때
향기가 풍기듯 그대의 향기가
내 가슴을 설레게 하듯
그대의 향기가 그립습니다

지는 해님은 구름산 위로
반쯤 고개 내밀 때
산 그림자는 저만치 노을 져가는데

아~
그대의 붉은 열정의 사랑은
붉은 장밋빛같이
나의 심장을 터지게 합니다

늘 내 사랑이
그대를 향해 있듯이 내 마음도
그대한테 향해 있습니다.

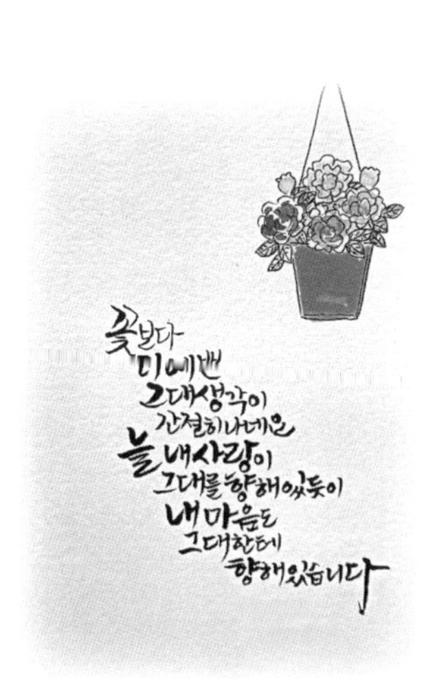

신우산경(伸佑山耕) / 조충생

배산임수가 뛰어난
백화산 아래 신우산경

실개천에 흐르는
청아한 물소리
향긋한 찔레 향 전해주는 온화한 바람

마음을 맑게 해주는
새들의 노랫소리 듣는 신우산경에

천 년을 간직한
온아한 미소를 담은 나의 아내와

별 헤는 밤에는
맑은 연못에 향기를 간직한
수련의 자태를 보며

맑은 찻잔 속에 비친 달빛
따끈한 보이차 한잔 속에
신우의 행복이 여기에 있다.

삶에 미완성 / 조충생

연둣빛 화선지에
오색 빛으로 색을 칠하는
가을이라는 계절 속에

나의 미완성의 삶을
그려보며 살아가는
현실에 만족해야 할까

평생 살아가도
완성될 수 없는 인생이란 작품에
내 삶에 여백은 비록 미완성이지만

오색 빛으로 짙어지는 가을같이
우리들의 행복도
곱게 물든 단풍처럼
깊이 있게 짙어졌으면 좋겠습니다.

조하영 시인

프로필

1965년생 전남 화순에서 태어나 지금은 광주에 거주하는 어엿한 가정주부입니다. 어릴 적부터 백아산과 적벽강이 흐르는 아름다운 곳에서 유년시절을 보냈다. 산 좋고 물 좋은 곳에서 예쁜 감성이 자리 잡은 듯..
학창 시절 호남예술제 시 부문에서 수상도 몇 번 받았지만, 시인 등단은 잊고 살았는데 우연한 기회가 닿아 가울문 밴드에서 글공부하던 차, 김재덕 시인의 추천을 받아 시 부분 시인으로 등단하게 되었다.
이제 첫걸음마 떼어보는 어린아이처럼 시 문학을 배우는 마음으로 풍경 같은 아름다운 시를 짓고 싶은 새내기 시인의 진솔한 약력입니다.

봄 마중 / 조하영

행여,
어느 산마루 고개를 넘지 못하는지
꽃샘추위에 붙잡힌 것은 아닌지

작별의 인사말 더디게 하지 말고
너에 입맞춤의 숨결을 기다리는
새 생명 장단에 맞춰 잰걸음이라도 오너라

봄아
향긋한 쑥 향이 싱그럽고
매서운 바람 속에 피운 매화가 웃는 것처럼
따스한 훈풍으로 심장을 지펴다오

괜스레 두근두근
봄 도다리쑥국 기억이 더듬거릴 때
이 가슴 버선발로 마중하리라

이른 봄나들이
햇살이 윤슬 되어 반짝이듯
첫사랑 같은 그 무엇이 출렁인다.

봄볕 / 조하영

겨울인데도 볕이 따뜻하다

가만히 눈 감고 서 있으면
겨울 햇살 속에 숨어있는 봄볕이라
꽃이 피어날 것 같은 느낌입니다

머지않아
벚꽃이 봄바람에 휘날리며
꽃비 내리는 행복한 봄이 그려집니다

따스한 햇볕을
그대와 함께 살포시 하려니
또, 가슴 두근거릴지도 모르겠습니다

민들레 개나리가 웃는 봄날
가시적인 미소보다는
추억이 행복해서 웃고 싶습니다

그런 나날이 흐르고 흘러서
외롭거나 슬퍼도 울지 않을 사랑이
더해질지 그 뉘가 알겠습니까

이젠, 꽃 같은 인생 활짝 필 겁니다.

단비 / 조하영

꽃을 잃은 봄의 연민이
짙은 녹음을 받아내는 빗소리로
온종일 가슴이 떨렸다

오늘 같은 날
내리는 비를 단비라 부르리

영그는 열매 탐스럽게 키워내고
논에 물 가둬 모내기하는
농부의 부지런한 손길

춘정 어린 꿩 울음 잦아들고
뻐꾸기 구성지게 울어대는 여름 문턱에

뜨거운 열기에 살갗 태우며
단맛 드는 과일 향
여름이 뜨거워도 좋으리

문 열렸으니
단비 짝꿍 삼아 오는 걸음
서둘지 마소서!

조희선 시인

프로필

현 경남 진해 거주
한맥문학 시 등단
저서 '날마다' 시집

이어도 / 조희선

가슴으로 바다를 품은 섬이 있다

파도가 높아지면 높은 울음으로
잔잔한 물결이 일면 감미롭게 노래하는 섬

암초라 외면했던 사람들이
서로를 할키며 생채기 내지만
본토로 향한 바위섬은 말이 없었다

해무는 짙게 내려앉았고
등대의 불빛은 눈을 감는데

이어도 사나
이어도 사나

이승의 끈 놓아버린
뱃사람의 노래가
길 없는 길을 걷고 또 걷는다

꿈 / 조희선

하루의 첫 시작은
해변이 내려다보이는 창 넓은 곳에서
그대 손때 묻은 차 한 잔이면 족하다

창이 바라다 보이는
작은 꽃밭에서 라일락 향기가
보랏빛 물들이면 더욱 더 좋으리라

한 줄기 햇살이 창을 넘어
다탁위에 앉으면
부딪치며 찰랑이는 파도가 화답하고

물고기 떼 몰려들 즈음
갈매기 무리 지어 먹이를 쪼는 아침이 오고
하루의 첫 행복이 열린다

창이 바라다보이는
작은꽃밭에서
라일락향기가
보랏빛물들이면
더욱더좋으리라

등대지기의 딸 / 조희선

홍도를 지키는
등대지기의 딸
동백아가씨를 구성지게 불렀던

파도와 친구하며
벼랑 위 염소를 쫓던 그 아이는
지금은 무엇을 할까

수평선 끝 어디쯤에 있을까 가늠하며
트롯 한 자락에 지폐 한 장이면
조그마한 얼굴에 웃음꽃 피우던

넓고도 깊은 바다를 품고
높은 파도에 꿈을 그렸다던
그 아이는

최영호 시인

프로필

시호 : 꽃뫼
1970년 경북 영천 출생
하회 별신굿 탈놀이 이수자
위성상회 대표
꽃신 신꼬 민박
대한문인협회 대구경북지회 홍보국장

〈수상〉
1989년 전국대학생 경연대회 장려상
한국탈춤연합회 우수연희자 표창패
대한 안정화 공로상
한국 문화 올해의 작가 우수상
한국민속예술축제 금상

〈저서〉
시집 "꽃뫼, 아름다운 사람들, 아름다운 사건"

〈공저〉
어느 날엔가 바람에 닿아, 가울문, 시 길을 가다
2019년 명인명시 특선시인선, 2020년 명인명시 특선시인선

탈춤을 추며 / 최영호

측은한 산마루 빈 초당에 엎드려 빈다.

나를 성장시킬 걸음으로 딛고 선 본능

한 걸음 멀어진 과거를 돌이켜보면

세상의 모진 바람을 탐했다.

바람이 스치고 지나간 텅 빈 하늘

아무것도 남지 않은 헛헛한 가슴으로

빈 들판에 홀로선 그리움의 솟대가 섰다.

누구도 올 수 없는 피안의 언덕

사람이 신의 가면을 쓰고

춤추는 동안 신명이 된다.

나의 자아는 우주 끝 절대적 존재와 하나 되어 군림하며

누리를 날듯이 걷는다.

어깨너머로 번진 웃음 바이러스 잦아들면

아무도 남지 않은 빈 마당을 바람이 더듬고 간다.

노각 / 최영호

어느 날엔가 노란 꽃을 피우고
언제나 불어오는 바람에 닿아
푸르른 물결이 밀려와
투명한 눈동자 순박한 얼굴로
출렁이는 바다가 있었다.

푸르른 시절도 한물갔다
메마른 논바닥처럼
세월의 훈장을 남기고
비틀비틀, 이리저리
정처 없는 남루한 내리막길
힐끔 쳐다보던 끈적한 놈들도 없다.

물 빠진 밭고랑 아득한 낭떠러지
아래로 늘어진 수세미를 닮아
아무도 탐내지 않는
늙은 오이의 애타는 마음
분홍빛 속살도 퇴색하고
저물어 어둠이 내리면 늙은 새댁의 호출에
울퉁불퉁 긴 다리로 다시 한번 누군가를 유혹한다.

가을의 뒷면 / 최영호

바람결에 아련한 기억이
떠오르는 날이면 날마다
꽃씨를 품은 가을이 강물이 되어
처음처럼 천천히 흐른다.

그날의 어린 약속 그 후로
오랫동안 다시 오지 않는
시간이 멈추고 마음을 따라
여름의 끝에 동그란 얼굴이 있어
심장은 뛰고 있다.

돌아선 뒷모습이 그리워
긴 골목길 모퉁이를 돌아
가을처럼 가만히 그때 오실까
바람이 불어오면 서성이다
한철 푸르던 시절이 저문다.

노을빛 하늘이 저물어
서산을 내려온 어둠의 그림자
아직도 다 하지 못한 말과 함께
우두커니 가로등 불빛 아래
깜빡깜빡 졸고 있다.

한정서 시인

프로필

시호 : 혜화
시낭송가
출생지: 전남 여수
현 광주광역시 거주
2019년 3월 대한문학세계 시 부문 등단
(사)창작문학예술인협의회 회원
대한문인협회 광주전남지회 정회원
2019년 4월 시화전 낭송시 선정
2019년 9월 2주 시 선정
2019년 12월 시낭송가
2020년 8월 문예창작지도사
2020년 8월 대한창작문예대학 졸업 작품 경연대회 동상 수상
현)대한문인협회 광주전남지회 사무국장
현) 가. 울. 문 감사
현)플라톤 아카데미 봉선 독서논술교습소 원장
현)독서토론.논술 지도 교사

나는 수사관 / 한정서

날마다 해야 하는 일상의 일
눈을 뜨고 자리에 누울 때까지
숙명 같은 소임을 져버릴 수 없다

너를 놓으면 잡동사니들이
주변을 자기 집처럼 즐비하게 채우고
여기저기서 버티기를 한다

가만두자니 부글부글
내 마음 따라 치밀어 올라오면
눈 부라리는 수사관이 된다

너 여기 있었구나!
"나와, 이놈" 쑥 빼 드니
아들 녀석 방 양말 짝이 침대 밑에
쭈그리고 있다가 끌려 나온다

이번에는 삼촌 방이다
자질구레함을 은폐하려 했지만
어라, 장롱 속은 난리가 났다

한바탕 헤집고 나면
웬걸 뱁새눈 뜨고 찾던 물증들이
어느새 내 손아귀에 소환되어
쓰레기통, 분리수거 통으로 보냈던
아침의 소동은 사라지고
다시 평화로운 일상으로 시작한다

오늘 수사관 임무는 끝.

반갑지 않은 손님 / 한정서

반갑지 않은 손님은
올해도 여지없이 사방팔방 헤집고
책임을 회피한 채 생채기만 남기고 떠났다

텃밭의 상추, 고춧대도 놀랐는지
무더운 햇볕에 녹아들듯 숙인 고개
들지 못하고 축 처져 있는 모양새다

지붕에서는 요란스레 야단법석
마당에서도 서로 내려가겠다 밀치고
욕실에서는 슬리퍼에 물 한가득 싣고

떠다니는 모습에 내 발은
동동거리고 어찌할 바를 모른다

에고,
불청객처럼 또 나타나 소란을 피울 텐데
얄미운 녀석 막아 볼 궁리만 할 뿐
생각만 하다 날 샌다.

생각을 바꾸니 / 한정서

폭풍우가 치고 모래바람도 맞아보고
이글거리던 뙤약볕도 내리쬘라치면
고달프기만 하구나 한숨 짓던 세상살이

누군가가 나를 때리면 괘씸하고
열심히 해도 욕을 먹으면 억울하고
종일이 장애물들과의 전쟁이었다

싸워 보지도 않고 포기하며 물러나고
할 수 없이 내려놓아야 할 때는
한쪽 팔이 빠지는 듯한 고통이 짓누르니
할 수 없이 무릎 꿇으면 밑바닥에서는
아픈 서러움이 담겨 한꺼번에 몰려왔다

다시 거꾸로 보면 나 자신이 없이
그저 상대방이 던지면 맞는 피해자라
여기고 살았으니 늘 버거운 것이
당연지사였던 것을 반평생의 세월을
살아보니 겨우 알아 차리겠더라

모든 것은 마음에서 비롯한다는 것을…

다시 뒤집어 생각하면 온갖 만상이
보탬이 되고 이로움이 되어 머무니
생기는 일에 감사하고 즐거움이 된다.

홍찬선 시인

프로필

여심 홍찬선(如心 洪讚善)
1963년 충남 아산 출생.
2016년『시세계』시 등단, 2016년『시세계』시조 등단, 2019년『연인』소설 등단, 2020년『연인』희곡 등단.
시집:『틈』,『길』,『삶』『얼』『품』『꿈-남한산성 100처100시』,『가는 곳마다 예술이요 보는 것마다 역사이다』,『아름다운 이 나라 역사를 만든 여성들』,『칼날 위에서 피는 꽃』(제1회 자유민주시인상 수상시집, 최우수상 수상)
시조집:『결』, 소설집:『그해 여름의 하얀 운동화』등 출간.

신통행금지 / 홍찬선

휑한 거리엔
텅 빈 택시만
혹시 만날 손님 찾으러
헛 질주만 하고 있었다

오후 6시 이후엔
식당 술집 카페 노래방…에
두 사람까지만 출입할 수 있다는
사회적 거리두기 4단계가 시행되어

넓은 테헤란로 가득 채웠던
자가용과 사람 물결은 사라지고
빈차 표시등을 환하게 밝힌
택시들이 왼고개 하는 손님 꼬드기려고
눈물 나게 경쟁하고 있었다

압구정 로데오 거리도
해가 넘어가면서 불 밝힌 곳과
사람이 줄어 썰렁해졌고

젊음의 거리 홍대 앞
식당들은 개점휴업으로
한숨만 깊어졌다

군사독재시절에 있었던 통행금지가
코로나를 타고 이름만 바꿔 달고
유령처럼 찾아온 것일까…

가을문

가래떡 / 홍찬선

한겨울 추위 삼켜 뜨겁게 구운 살신(殺身)
조청 꿀 듬뿍 담가 환하게 핀 간식 성인(成仁)
해마다 찬바람 함께 찾아오는 엄마 손

화롯불 둘러앉아 숨 삼키며 감춘 침샘
쌀 구경 힘들어도 설날 떡국 먹고 낸 힘
모질게 치는 설한풍 거뜬하게 넘는 품

시절이 바뀌어도 입맛은 그대론데
젊은이 휘몰아간 총각의 날 빼빼로에
굽는 내 찾을까 해서 돌아다닌 온 동네

모기의 죽음 / 홍찬선

모기가 죽었다
길어진 간밤 끈질기게 귀와 살갗 괴롭히던 모기는
활짝 연 가을 서늘함 이기지 못하고 가미가제 특공대처럼
안 되는 것 알지 못하고 어쩔 수 없는 본능에 조종당하듯
피를 향해 돌격하다 깨 있는 손 일격에 비명횡사했다

모기의 죽음은 예정된 일이었다
긴 가마솥더위와 짧은 장마로 자손 만들기 힘들었는데
전기모기채와 전자모기향에 부모형제 죽거나 실종되고
때맞춘 하늬바람에 덜 익은 주사기 기능부전에 빠져
문해(蚊海)전술 할 수 없어 각개전투하다 하나하나 죽었다

모기의 죽음이 애달프다
모기와 사람이 함께 살 길 널려 있는데
사람과 모기가 같이 죽는 바늘귀 같은 좁은 길
모기와 사람이 기어이 골라 차마 어쩔 수 없는
죽음에 들어서니 선량한 국민들 눈시울이 뜨겁다

모기의 죽음은 어쩔 수 없는 일이라
사과 배 벼이삭 비바람에 치이고 떨어지고 엎어지는 것
여름이 가고 가을이 오고 겨울 지나 봄 다시 오는 것
남에겐 봄볕처럼 내겐 가을서리같이 대해야 한다는 것
알면서 행하지 않는 부조리 안고 모기는 죽었다

김재덕 시인

프로필

시호 : 운중
(현)부산 거주
2017. 대한문학세계 시 부분 등단
(사)창작문학예술인협의회 회원
대한문인협회 부산지회 정회원
대한창작문예대학 제8기 졸업
2018년 문예창작 지도자 자격 취득
2018. 12. 한국문학 발전상 수상
2019. 05. 도전한국인 문화예술 지도자 대상
2019. 12. 한국문화예술인 대상
2021. 03. 신춘문학상 동상 수상
현)가슴 울리는 문학 대표
현)대한문인협회 문인권익옹호위원회 위원장
공저 : 가울문 동인지 외 다수
저서 : 다 하지 못한 그리움(시집)

겸손과 배려 / 김재덕

존경하는 스승님이 계신다. 그 어떤 질문에도 성심성의껏 가르침을 주시는 스승님, 많은 걸 배우고 익히면서 그 인품마저 닮고 싶은 분이다. 타의 추종을 불허할 필력을 갖추었음에도, 겸손이 몸에 밴 분, "공부를 열심히 해야 남의 글도 보인다." 또, "나도 아직 멀었습니다." 겸손의 그 말씀에 숙연해짐은 물론, 나 역시 그분을 조금씩 닮아간다. 실력은 없지만, 제가 가르침을 주는 제자 몇 분께도 항상 주지시킨다. "스승님, 이 글 어때요, 이번엔 잘 썼죠?" 참, 답변하기 곤란하다. 단, 이 말은 꼭 한다. 저는 제 스승님 그림자 근처에도 못 가볼, 아직도 배고픈 초보라서 절대 그리 물어보지 않습니다. 글쟁이이기 전에 먼저 사람이 되어야 하고 겸손할 줄 알아야 합니다. 라고

갓 등단한 햇병아리가 시인이랍시고 으스대는 걸 보면 어안이 벙벙할 때도 있다. 겸손은 또 하나의 자신의 세계를 구축하는 튼튼한 울이 된다는 것을 알아차릴 날 오겠지만 말이다. 내가 바라는 시인은 겸손의 미덕도 나름의 인품도, 학식도 지녀야 하지 않나 싶어서이다. 물론, 꼭 학식이 깊어야 글을 쓰는 이유가 될 수는 없겠지만, 최소한의 인품은 갖추는 것이 글을 쓰는 모든 문인이 알아야 할 덕목이 아닐까 싶다.

좋은 이야기 하기도 바쁜 세상일 터, 배려와 베풂, 용서 등 서로 이해하고 작은 것에 감사하며 은혜를 아는 넓은 아량이 있어야 할 텐데, 비방에 배은망덕을 비롯한 상식을 역행하는 분들을 보면 불쌍하다는 생각마저 든다. 남을 사랑하고 아낄 줄 모르는데 자신을 사랑할 수 있을까? 자신의 기준에서 보이는 만큼만 보려고 하는 좁은 심성이 안타깝다. 존중과 존경이 끼어들 여지가 있을까 싶다. 자신밖에 모르는 이기심의 소유자들, 한 번쯤 자신을 돌아볼 필요가 있지 않을까.

인간은 천의 얼굴을 가진 만의 군상이라지만, 하나를 보면 열을 알 수 있듯이, 선명하게 드러나는 경우가 허다하다. 예를 들면 밴드 게시글에도 속 보이는 처세가 보인다. 본인이 포스팅한 글에도 책임과 의무를 못 하는 분, 본인 글은 보란 듯이 포스팅하면서 타인의 글은 지붕 위에 닭 쳐다보듯 하는 분 등등. 이 모든 것이 이기심의 발로가 아닐까 한다. 모름지기 미풍양속에 품앗이가 있듯 최소한의 작은 마음들이 모여야 행복한 공간과 좋은 인연으로 발전할 수 있지 않을까?

남을 존중해야 본인도 존중을 받는다는 것을 망각한 것은 아닌지, 인간성을 팽개친 소인배들은 아닌지, 의아심이 들 때가 한두 번이 아니다. 그럼 나 자신은 잘하고 있나 하는

반문을 한다면 나 역시 여러분과 별반 차이가 없다. 왜냐하면 나도 인간이니까! 단지, 내가 하고 싶은 말은 앞으로는 서로를 위해주고 감싸주며 조금씩의 배려심을 가지고 베풀고 살자는 작은 바람이다.

나의 작은 희생이 타인에게는 큰 힘이 될 수 있다는 신념만 갖는다면 못 할 것도 없을 것이다. 또한, 남을 우습게 보면 본인도 우스워지는 게 세상 이치라는 걸 명심하고, 하루하루를 소중하게 여기면서 작은 인연이라도 귀한 인연으로 간직하며 곱게 가꾸어가는 참된 사람이 되었으면 좋겠다. 또 다른 여러분들의 미래를 위하여...,

가울문에서 활짝 꽃을 피우고 열매를 맺어
더욱 풍성한 감성으로
노래하는 문우님들이 계셔서 행복합니다.
문우님들의 성원에 힘입어 더욱더
알찬 문학단체로 거듭나는 가울문이 될 수 있도록
밑거름이 되겠습니다.

가슴 울리는 문학 동인시집 2

강물은

설렌 감성으로

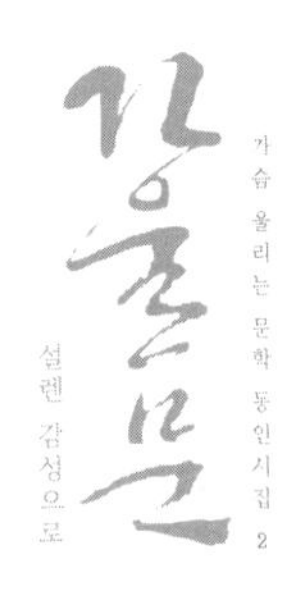

2021년 9월 3일 초판 1쇄

2021년 9월 7일 발행

지 은 이 : 김재덕 외 42인

강 설 고은경 고정현 곽의영 김금자 김명동 김미숙 김민채
김양해 김영자 김영주 김은실 김재덕 김진주 남원자 도분순
도현영 박가영 박남숙 박순환 송미숙 심선애 안혜정 유수봉
이동구 이세복 이시중 이원근 이정원 이종갑 이철우 이춘덕
장금자 전경자 정병윤 정종복 조순자 조충생 조하영 조희선
최영호 한정서 홍찬선

엮 은 이 : 김재덕

디자인 편집 : 이은희

기 획 : 시사랑음악사랑

연 락 처 : 1899-1341

홈페이지 주소 : www.poemmusic.net

E-Mail : poemarts@hanmail.net

정가 : 15,000원

ISBN : 979-11-6284-307-9